Der Ebenholzturm

Das Buch

Der junge Maler und Kunstkritiker David Williams erhält den Auftrag, die Einleitung für ein Buch über die Kunst des berühmten Malers Henry Breasley zu schreiben. So macht er sich auf den Weg von London zu Breasleys abgelegenem Landsitz in der Bretagne, wo dieser mit zwei blutjungen englischen Studentinnen, Diana und Anne, lebt. Doch die Begegnung mit dem alten Mann, seiner ungebändigten Vitalität, seiner Widersprüchlichkeit und – vor allem, wenn er getrunken hat – seinen obszönen Ausfällen gegenüber seiner Umwelt wird für Williams zu einer künstlerischen wie persönlichen Bewährungsprobe: Nicht nur, daß Breasley die abstrakte Kunst verachtet, zu deren Vertretern auch Williams gehört, sondern zugleich fordern die beiden jungen Frauen ihn auch in erotischer Hinsicht heraus. Sein bisheriges Leben, das in konventionellen bürgerlichen Bahnen verlief, und die künstlerische Qualität seiner Arbeit stehen plötzlich zur Disposition ...

Der Autor

John Fowles wurde 1926 in Leigh-on-Sea (Essex) geboren. Er studierte in Edinburgh und Oxford, unterrichtete danach an verschiedenen Orten, bis er sich 1963 ganz dem Schreiben widmete. Mit William Golding und Muriel Spark gehört er zu den bedeutendsten englischen Romanautoren der zweiten Hälfte des 20. Jahrhunderts.

Von John Fowles sind in unserem Hause bereits erschienen:

Die Geliebte des französischen Leutnants
Der Magus
Der Sammler

John Fowles

Der Ebenholzturm

Roman

Aus dem Englischen von
Eva Bornemann

List Taschenbuch

Besuchen Sie uns im Internet:
www.list-taschenbuch.de

Umwelthinweis:
Dieses Buch wurde auf chlor- und säurefreiem Papier gedruckt.

List Verlag
List ist ein Verlag des Verlagshauses Ullstein Heyne List GmbH & Co. KG.
1. Auflage Oktober 2003

Titel der englischen Originalausgabe: *The Ebony Tower*
Übersetzung: Eva Bornemann
Umschlagkonzept: HildenDesign, München – Stefan Hilden
Umschlaggestaltung: Hauptmann und Kampa Werbeagentur, München – Zürich
Titelabbildung: René Stoeltie
Druck und Bindearbeiten: Ebner & Spiegel, Ulm
Printed in Germany
ISBN 3-548-60356-4

. . . Et par forez longus et lees
Par leus estranges et sauvages
Et passa mainz felons passages
Et maint peril et maint destroit
Tant qu'il vint au santier tot droit . . .

Chrestien de Troyes, Yvain

David war am Nachmittag in Coëtminais eingetroffen. Ein ganzer Tag war vergangen, seit er in Cherbourg gelandet, weitergefahren und in Avranches die Nacht vom Dienstag zugebracht hatte. Dadurch war ihm ein genüßlich vertrödelter Rest des Weges geblieben. Zeit auch für einen Blick auf den fernen spektakulären, turmbestückten Traum von Mont St. Michel, für einen Bummel durch die Straßen von St. Malo und Dinan; dann war er südlich in dem herrlichen Frühseptemberwetter weiter und durch eine neue Landschaft gefahren. Gleich auf den ersten Blick hatte er an der sanften Szene mit ihren Obstplantagen und abgeernteten Feldern Gefallen gefunden, sie waren so präzise und gestutzt, so ganz in sich geschlossen und atmeten erschöpften Reichtum aus. Zweimal hatte er angehalten, um ein besonders gefälliges Zusammenspiel von Farbtönen und Tiefenschärfen zu notieren – parallel verlaufende Aquarellstriche mit Bleistiftanmerkungen in seiner säuberlichen Handschrift für spätere und ausführlichere Skizzen. Obwohl es in diesen Notizen einige Hinweise auf den formalen Ursprung gab – daß ein Farbstreifen zu einem Feld, zu einer sonnenbeschienenen Mauer, zu einem entfernten Hügel gehörte –, zeichnete er nichts. Aber ehe er weiterfuhr, notierte er sich Datum, Tageszeit und Wetter.

Sein Gewissen plagte ihn ein wenig, weil er es alles so genoß, weil er so unvermutet allein sein durfte, ohne Beth, insbesondere, da er sich vorher so angestellt hatte; aber der Tag, das Neue und natürlich auch der Zweck der ganzen Übung, die sich zwar ein wenig einschüchternd, aber doch angenehm unmittelbar vor ihm erhoben hatte – all das traf zusammen, um ihm ein vergnügliches Gefühl unverdienter Junggesellenfreiheit zu geben. Selbst die letzten paar Kilometer durch den Wald bei Paimpont, einem der wenigen großen Überreste der alten, bewaldeten Bretagne, waren genau das Richtige: grüne beschattete Nebenstraßen, gelegentlich durchschossen von sonnengetränkten Durchblicken zwischen ununterbrochenen Baumreihen. Dinge, die mit der jüngsten und prominentesten Schaffensperiode des Alten verbunden waren, hatten sich sofort richtig eingefügt. Kein noch so fleißiges Lesen oder gescheites Folgern hätte jemals das unmittelbare Erlebnis ersetzen können. Lange ehe er ans Ziel gekommen war, wußte David, daß er richtig gehandelt hatte.

Er bog in einen schmalen Waldweg ein, eine verlassene *voie communale*, fuhr etwa anderthalb Kilometer weiter und kam dann an den erhofften Wegweiser: *Manoir de Coëtminais. Chemin privé*. Ein weißes Tor, das er öffnen und wieder schließen mußte. Dann weiter etwa dreiviertel Kilometer durch den Wald, bis ihm wieder der Weg versperrt wurde, und zwar unmittelbar dort, wo die Bäume dem Sonnenlicht und einem grasbestandenen Obstgarten wichen. Hier befand sich ein zweites Tor. An die oberste Stange war ein Schild genagelt: die Aufschrift amüsierte ihn, denn unter den Worten *Chien méchant* war auf englisch vermerkt: *Absolut keine Besucher ohne vorherige Anmeldung*. Und wie zur Bekräftigung, diese Warnung nicht etwa leichtzunehmen, war das Tor von innen mit einem Vorhängeschloß versperrt. Hatte man vielleicht vergessen, daß er an diesem Nachmittag erwartet wurde? Einen kurzen Augenblick war er verwirrt; wenn nur der alte Teufel die Abmachung nicht völlig vergessen hatte. Er stand im tiefen Schatten und blinzelte ins Sonnenlicht auf der anderen Seite. Er konnte es doch nicht einfach vergessen haben, David hatte ihm erst in der Woche vorher einen kurzen Erinnerungs- und Vorfreudebrief geschickt und erklärt, wie sehr er ihm für den Besuch danke. Irgendwo ganz nahe in den Bäumen piepte ein Vogel einen seltsam dreistufigen Akkord, wie eine schlecht gespielte Blechflöte. Er sah sich um, konnte ihn aber nicht ausmachen. Er war nicht englisch, dieser Laut, und auf eine merkwürdige Weise erinnerte er David daran, daß er selbst es dagegen sehr war. Ob bissiger Hund oder nicht, er konnte nicht einfach ... Also ging er wieder zu seinem Wagen, stellte den Motor ab und verschloß die Türen. Dann kehrte er zum Tor zurück und kletterte hinüber.

Er ging die Einfahrt entlang und dann durch den Obstgarten mit seinen knorrigen Bäumen, voll von kleinen unreifen Äpfeln der roten Mostsorte. Kein Hund war zu sehen oder zu hören. Das *manoir,* ganz einsam und sonnengetränkt in seiner Lichtung inmitten eines Meeres riesiger Eichbäume und Buchen, war nicht das, was ihm vorgeschwebt hatte; vielleicht war es sein mangelndes Französisch gewesen – außer Paris kannte er Frankreich kaum –, jedenfalls hatte er das Wort sowohl visuell als auch buchstäblich im Sinne eines englischen *manor*-Hauses, eines Landgutes, übersetzt. In Wirklichkeit sah es eher aus wie ein ehemaliger, recht stattlicher Bauernhof; die Fassade mit dem ockerfarbenen Putz, durchzogen von breitem rötlichen Fachwerk und als Kontrapunkt dazu dunkelbraune Fensterläden, hatte nichts besonders Herrschaftliches. An der Ostseite, im rechten Winkel dazu, befand sich ein kleiner Anbau, der wahrscheinlich jüngeren Datums war. Aber das Haus stimmte schon: alt und kompakt, warm, voller Charakter, handfest und beständig. Er hatte sich eben nur etwas Prächtigeres vorgestellt.

Vor der Südseite des Hauses erstreckte sich ein kiesbestreuter Hof. Am Fuß der Mauer wuchsen Geranien, flankiert von zwei alten Kletterrosenstöcken, auf dem Dach saß ein Schwarm weißer Tauben; alle Läden waren geschlossen, das Haus schlief. Aber die Haupteingangstür mit dem steinernen Wappenschild darüber, das Relief vom Lauf der Zeiten geglättet, die exzentrisch nahe der Westseite plaziert war, stand einen Spalt offen. Vorsichtig ging David den Kiesweg entlang zur Tür. Einen Türklopfer gab es anscheinend nicht, auch keine Spur einer Klingel, noch, Gott sei Dank, ein Anzeichen des bissigen Hundes. Die Tür führte in eine gepflasterte Halle. Ein Eichentisch stand am Fuß einer alten hölzernen Treppe mit einem abgewetzten, verzogenen und mittelalterlich aussehenden Geländer, die nach oben, auf eine Galerie führte. Jenseits der Eingangstür, an der entfernten Seite des Hauses, umrahmte eine zweite Tür einen Fleck sonnenbeschienenen Gartens. Er zögerte, denn es war ihm klargeworden, daß er sich verfrüht haben mußte. Er klopfte laut an die massive Holztür. Ein paar Augenblicke später und angesichts der Erkenntnis, daß den schwachen Laut niemand hören würde, schritt er über die Schwelle. Zu seiner Rechten lag ein langgestreckter, galerieartiger Wohnraum. Ehemalige Trennwände mußten herausgebrochen worden sein, aber ein paar der größeren schwarzen Träger waren noch da und hoben sich wie ein kühnes Gerüst gegen die weißgetünchten Wände ab. Der Effekt hatte etwas vom Tudorstil und war viel englischer als die Außenansicht. Ein sehr schönes Beispiel eines geschlossenen und gleichzeitig luftigen Raumes, alte holzgeschnitzte Möbel, eine Schale mit Blumen, bequeme Sessel und zwei Sofas weiter hinten; alte rosa und rot gemusterte Teppiche und natürlich Bilder ... Es war nicht überraschend, außer, daß man einfach so zu ihnen hineinspazieren durfte, denn David wußte, daß es außer den Arbeiten des Alten noch eine bedeutende kleine Sammlung zu bewundern gab. Berühmte Namen kündigten sich an, Ensor, Marquet, die Landschaft dahinter mußte einer der »kühlen« Derains sein, und über dem offenen Kamin ...

Aber er mußte sich anmelden. Er überquerte den steinernen Fußboden neben der Treppe und ging bis zu der hinteren und in den Garten führenden Tür. Vor ihm lag eine breite Rasenfläche, es gab Blumenbeete, Heckensträucher, ein paar Zierbäume. An der Nordseite war der Garten durch eine hohe Mauer abgeschirmt, und jenseits davon erblickte David ein paar niedrige und von der Vorderseite des Hauses verborgene Gebäude: Es waren Scheunen und Stallungen aus der Zeit, als das Haus noch als Bauernhof diente. Mitten auf dem Rasen stand ein zu einem riesigen grünen Pilz gestutzter Trompetenbaum; in seinem Schatten saßen, als wären sie im Gespräch miteinander, ein Gartentisch und drei Korbstühle. Jenseits davon, in einem knappen Fleck aus Sonnenglut, lagen zwei nackte Mädchen nebeneinander auf dem Rasen. Die eine, weiter weg, hatte sich auf dem Rücken ausgestreckt wie im Schlaf. Die andere lag auf dem Bauch, das Kinn in die Hände gestützt, und las. Auf dem Kopf trug sie einen Florentiner, um dessen Krempe eine locker drapierte Schärpe aus einem leuchtendroten Stoff gelegt war. Beide Körper waren gebräunt, und zwar ebenmäßig und überall, und es war offensichtlich, daß sie den Eindringling, der in dem etwa dreißig Meter entfernten schattigen Türeingang stand, nicht bemerkt hatten. Was er nicht begreifen konnte, war, daß sie inmitten der Waldesstille seinen Wagen nicht gehört hatten. Aber er war ja früher gekommen als »zum Tee«, wie er in seinem Brief vorgeschlagen hatte; oder vielleicht war tatsächlich am Eingang irgendwo ein Klingelknopf gewesen, vielleicht gab es Hauspersonal, das ihn hätte hören müssen. Für Bruchteile von Sekunden prägte er sich die warmen Hauttöne der beiden entspannten Frauenkörper ein, grün der Trompetenbaumschatten, grün der Rasen, die Hutschärpe leuchtend karminrot und jenseits davon die rosa Mauer mit ihren Obstbäumen am Spalier. Dann drehte er sich um und ging zurück zum Haupteingang; er war eher amüsiert denn peinlich berührt. Wieder mußte er an Beth denken; wie sie sich gefreut, wie sie es genossen hätte, so mir nichts, dir nichts unmittelbar in die Legende hineingestoßen zu werden ... der lüsterne alte Faun und seine berühmten Nachmittage.

Da, wo er anfangs so unvermittelt eingedrungen war, sah er nun, was er vorher, von Neugier getrieben, übersehen hatte: eine bronzene Handglocke, die auf den Steinfliesen hinter dem Türrahmen stand. Er hob sie auf und läutete ein paarmal – dann wünschte er, er hätte es unterlassen, denn das scharfe Schulhofgebimmel brach ein in das stille Haus und seinen sonnenbeschienenen Frieden. Aber nichts geschah; keine Schritte oben auf der Galerie, keine Tür, die sich am anderen Ende des langen Zimmers, in dem er sich befand, öffnen wollte. Er wartete auf der Schwelle. Es verging etwa eine halbe Minute. Dann erschien eins der Mädchen, welche es war, wußte er nicht, im Rahmen der Tür zum Garten und kam ihm entgegen. Sie trug jetzt eine einfache weiße Baumwoll*galabiya*; eine schlanke junge Frau, etwas unter mittelgroß und Anfang Zwanzig; braungold getöntes Haar, regelmäßige Züge, ein kühler Blick aus großen Augen, barfuß. Daß sie Engländerin war, darüber bestand kein Zweifel. Am Fuß der Treppe, ein paar Schritte entfernt, blieb sie stehen.

»Sie sind David Williams?«

Er machte eine entschuldigende Bewegung. »Sie haben mich doch erwartet?«

»Aber ja.«

Sie lächelte ein wenig, bot ihm aber nicht die Hand zum Gruß.

»Bitte entschuldigen Sie, daß ich Sie einfach überfallen habe. Das Tor draußen war nämlich zugesperrt.«

Sie schüttelte den Kopf. »Sie brauchen nur zu ziehen. Am Vorhängeschloß. Tut mir leid.« Aber sie sah nicht aus, als ob es ihr leid täte oder als wäre sie irgendwie verlegen. Sie sagte: »Henry schläft noch.«

»Dann wecken Sie ihn um Himmels willen nicht.« Er lächelte. »Ich habe mich etwas verfrüht, ich dachte, der Weg sei nicht so leicht zu finden.«

Sie musterte ihn einen Augenblick. Er wollte wohl willkommen geheißen werden.

»Er ist nämlich unausstehlich, wenn er sein Mittagsschläfchen versäumt.«

Er lächelte. »Hören Sie, ich habe das, was er mir schrieb, ganz wörtlich genommen – daß ich die Nacht über hierbleiben kann . . ., aber wenn . . .«

Sie sah an ihm vorbei und durch die Tür, dann zurück und ihm ins Gesicht, den Kopf gleichgültig fragend etwas geneigt.

»Ihre Frau?«

Er erklärte ihr, daß Sandy die Windpocken habe und daß alles in letzter Minute umgestoßen werden mußte. »Sie fliegt Freitag nach Paris. Falls es meiner Tochter besser geht. Ich werde sie dann dort treffen.«

Die nüchternen Augen sahen ihn wieder prüfend an.

»Ich zeige Ihnen Ihr Zimmer, ja?«

»Aber nur, wenn es keine . . .«

»Gar keine Umstände.«

Sie machte ein unbestimmtes Zeichen, daß er ihr folgen möge, und wandte sich der Treppe zu; einfach, weiß, grotesk sittsam wie eine brave Magd nach jenem ersten flüchtigen Anblick.

Er sagte: »Wunderbarer Raum.«

Sie berührte das altersgeschwärzte, neben ihnen ansteigende Geländer. »Fünfzehntes Jahrhundert. Wird behauptet.« Aber sie sah dabei weder ihn noch den Raum an und fragte auch nichts, als wäre er nur ein paar Kilometer zu einer Stippvisite gekommen.

Oben auf der Galerie wandte sie sich nach rechts und ging einen mit einem Binsenläufer bedeckten Korridor hinunter. Dann öffnete sie die zweite Tür und tat einen Schritt ins Zimmer, behielt aber die Hand auf der Klinke und starrte ihn dabei merkwürdigerweise genauso an wie die *patronne* des Hotels, in dem er die Nacht vorher verbracht hatte. Er hätte sich nicht gewundert, wenn sie ihm den Übernachtungspreis genannt hätte.

»Das Badezimmer ist nebenan.«

»Ausgezeichnet. Ich gehe nur schnell meinen Wagen holen.«

»Bitte, wie Sie wollen.«

Sie machte die Tür wieder zu. Um sie war etwas unnatürlich Feierliches, fast Viktorianisches, trotz ihrer *galabiya.* Er lächelte sie ermutigend an, als sie beide wieder den Korridor entlang zur Treppe gingen.

»Und Sie sind . . .?«

»Henry nennt mich die Maus.«

Endlich war ein Schatten von Ironie in ihr Gesicht gekommen; oder war es eine Herausforderung? Er wußte es nicht.

»Kennen Sie ihn schon lange?«

»Seit dem Frühjahr.«

Er wollte Sympathie wecken.

»Ich weiß, er schätzt solche Besuche nicht gerade.«

Sie hob ein winziges bißchen die Schultern.

»Hauptsache, Sie lassen sich nicht einschüchtern. Es ist meist nur Gebell.«

Sie wollte ganz offensichtlich etwas andeuten; vielleicht nur, daß, wenn er sie *tatsächlich* im Garten gesehen hätte, dies jetzt die wahre Distanz sei, die sie zwischen sich und alle Besucher legte. Sie war anscheinend so etwas wie seine Gastgeberin, und trotzdem verhielt sie sich, als hätte das Haus nur wenig mit ihr zu tun. Sie waren am Fuß der Treppe angelangt, und sie ging wieder zur Gartentür.

»Wir treffen uns draußen, ja? In einer halben Stunde? Um vier werde ich ihn wecken.«

Wieder mußte er lächeln, sie klang wie eine Krankenschwester, so gleichgültig all dem gegenüber, was die übrige Welt von dem Mann, den sie »Henry« und »ihn« nannte, dachte.

»Gut.«

»Fühlen Sie sich *comme chez vous*, ja?«

Sie zögerte ein wenig, als sei ihr bewußt geworden, daß sie ein wenig zu kühl und geheimnisvoll war. Deshalb brachte sie sogar so etwas fertig wie einen Anflug von Scheu, den letzten schwachen Abglanz eines Willkommenlächelns. Dann senkte sie wieder die Augen, drehte sich um und ging leise auf ihren nackten Füßen zurück zum Garten; als sie dabei durch den Türrahmen schritt, verlor die *galabiya* wegen des Sonnenlichtes dahinter einen kurzen Moment lang ihre Undurchsichtigkeit; ein flüchtiger, nackter Schatten. Ihm war eingefallen, daß er sie wegen des bissigen Hundes fragen wollte, aber vermutlich hätte sie selbst daran gedacht, und er überlegte, wann er wohl jemals in einem fremden Haus mit noch weniger Herzlichkeit empfangen worden sei . . ., als ob er allzu viel, wo er doch nichts – und ganz bestimmt nicht ihre Anwesenheit – vorausgesetzt hatte. Er hatte immer gedacht, der Alte hätte das alles längst hinter sich gelassen.

Er ging durch den Obstgarten zum Tor. Da hatte sie ihm zumindest nichts vorgemacht. Er brauchte tatsächlich nur zu ziehen, und die Haspe löste sich ohne weiteres aus dem Vorhängeschloß. Er fuhr rückwärts und parkte den Wagen im Schatten einer Kastanie, die vor dem Haus stand, holte seinen kleinen Koffer und die Aktentasche heraus und einen leichten, auf einem Bügel hängenden Jeansanzug. Als er die Treppe hinaufging, warf er einen schnellen Blick durch den Türeingang in den Garten, aber die beiden jungen Frauen waren verschwunden. Oben auf dem Korridor blieb er vor zwei Ölbildern stehen, die er schon vorher bemerkt hatte und die er zuerst, als sie ihn heraufgeführt hatte, nicht gleich identifizieren konnte . . ., aber jetzt, natürlich, Maximilien Luce. Was für ein Glück der Alte gehabt hatte, daß er Kunstwerke erwerben konnte, ehe sie ein Objekt der Raffgier, eine Form von cleverer Kapitalanlage geworden waren. David vergaß, wie eisig man ihn empfangen hatte.

Sein Schlafzimmer war einfach möbliert, mit einem französischen Bett in einem etwas primitiven bäuerlichen Empire, einem wurmstichigen Nußbaumschrank, einem Stuhl, einer alten, mit einem durchgelegenen grünen Polster bezogenen Chaiselongue und einem goldgerahmten Spiegel mit fleckigem

Glas. Im Zimmer hing ein leicht abgestandener Geruch, als wäre es nur selten benutzt und mit Einzelstücken aus örtlichen Versteigerungen eingerichtet worden. Nur eines schien nicht zu passen: ein signiertes Bild von der Laurencin über dem Bett. David wollte es herunternehmen, um es ans Licht zu halten, aber der Rahmen war an die Wand geschraubt. Er mußte lächeln und den Kopf schütteln; die arme Beth hätte dabeisein sollen.

David war von seinem Londoner Verleger gewarnt worden – dem ältesten Vorstandsmitglied, der das Projekt ins Leben gerufen hatte –, was für Klippen, weit abschreckender als versperrte Tore, bei einem Besuch von Coëtminais zu vermeiden waren. Die Überempfindlichkeit, Namen, die nicht erwähnt werden durften, die mehr als ungeschliffene Sprache, die Provokationen: Man ließ ihn nicht darüber im Zweifel, daß gerade dieser »große Mann« auch ein vollkommenes altes Scheusal sein konnte. Andererseits war er oft die Liebenswürdigkeit in Person – wenn er jemanden mochte. In manchen Dingen naiv wie ein Kind, hatte der Verleger gesagt. Und dann: Um Gottes willen nicht mit ihm über England und die Engländer streiten, einfach akzeptieren, daß er es mit einem lebenslänglich Verbannten zu tun habe, der es nicht erträgt, daran erinnert zu werden, was er versäumt haben könnte. Und schließlich: Ihm liegt nämlich sehr viel daran, daß wir das Buch machen. Und deshalb sollte sich David nicht ins Bockshorn jagen lassen und etwa glauben, die Hauptperson, der Titelheld, kümmere sich einen Dreck darum, was die Leute von ihm hielten.

Genau besehen war diese Reise nicht unbedingt notwendig gewesen. Er hatte die Einführung schon im Rohentwurf fertig, wußte auch mehr oder weniger, was er sagen wollte; da waren die längeren Abhandlungen in den Katalogen, insbesondere in dem, der für die große Retrospektive 1969 in der Tate Gallery zusammengestellt worden war..., ein etwas verspätetes Friedenszeichen des britischen Kunst-Establishments; dann die für die beiden jüngsten Pariser Ausstellungen und für die in New York; Myra Leveys Kurzmonographie in der *Modern Masters*-Reihe und der Briefwechsel mit Matthew Smith; dann verstreute, aber durchaus brauchbare Interviews in den verschiedenen Kunstzeitschriften. Es blieben eigentlich nur ein paar biographische Einzelheiten zu klären, aber auch das hätte er auf dem Korrespondenzwege erledigen können. Dann gab es natürlich auch noch jede Menge Fragen des Metiers, die man an ihn hätte richten können – oder gerne gerichtet hätte. Aber der Alte hatte sich gerade in dieser Beziehung niemals als besonders hilfreich erwiesen: In der Tat war er, letzten Berichten zufolge, hoffnungslos verschwiegen, absichtlich irreführend oder einfach unglaublich grob gewesen. Also blieb eigentlich nichts weiter übrig als die Gelegenheit, den Mann einmal persönlich kennenzulernen, mit dem man sich in Gedanken beschäftigt hatte und dessen Werk man, mit gewissen Vorbehalten, ehrlich bewunderte ... Es blieb der Spaß, sagen zu können, man hätte ihn persönlich gekannt. Und schließlich und endlich gehörte er unbestritten zu den Meistern, in einem Atem zu nennen mit Bacon und Sutherland. Man könnte sogar behaupten, er sei der interessanteste dieser erlesenen Schar, obwohl er selbst wahrscheinlich sagen würde, er sei einfach der gottlob am wenigsten englische.

Er war 1896 geboren, hatte während der großen Zeit des Steers-Tonks-Regimes an der Slade School studiert, gab sich bezeichnend militant-pazifistisch, als er 1916 die Karten auf den Tisch legen mußte, war bereits 1920 in Paris (und hatte damit England für immer Lebewohl gesagt); danach verbrachte er zehn oder mehr Jahre – Rußland hatte sich inzwischen zum sozialistischen Realismus bekannt – in dem bedrückenden Niemandsland zwischen Surrealismus und Kommunismus: Henry Breasley mußte noch weitere zehn Jahre warten, um in seinem Heimatland überhaupt anerkannt zu werden. Die Offenbarung kam dann während der fünf Jahre im »Exil aus dem Exil« in Wales im Zweiten Weltkrieg, mit den Zeichnungen aus dem Spanischen Bürgerkrieg. Wie viele Künstler war auch Breasley den Politikern weit voraus gewesen. Für die Briten war 1942 die Londoner Ausstellung seiner Arbeiten aus den Jahren 1937/38 plötzlich verständlich geworden, denn auch sie hatten am eigenen Leibe erfahren müssen, was ein Bombenkrieg bedeutete, was es hieß, sich so kurzsichtig verhalten zu haben, um im Zweifelsfalle mit dem internationalen Faschismus zu paktieren. Die Gescheiteren wußten, daß in seinen Blättern aus dem spanischen Todeskampf nichts speziell Prophetisches war: In Wirklichkeit gingen sie unmittelbar auf Goya zurück. Aber der Schwung und die hervorragende Zeichentechnik waren unverkennbar. Er hatte sich einen Namen gemacht, aber auch, privatim, seinen Ruf als »schwieriges« Individuum begründet. Seine gallige Verachtung für all das, was englisch und bürgerlich-konventionell aussah, insbesondere, wenn es mit dem Kunst-Establishment oder dem offiziellen Kunstrummel zu tun hatte, war, als er 1946 nach Paris zurückgekommen war, längst Legende geworden.

Darauf folgten weitere zehn Schaffensjahre, in denen die Öffentlichkeit so gut wie gar keine Notiz von ihm nahm. Aber der Kunsthandel hatte nicht geschlafen; es hatte sich sowohl in Paris als auch in London eine wachsende Gruppe einflußreicher Bewunderer gebildet, aber ebenso wie jeder andere europäische Maler litt auch er unter den Folgen des sensationellen Aufschwungs von New York zum Zentrum internationaler Kunstkritik. In England hatte er nie recht aus dem überwältigenden Eindruck, dem berühmten »schwarzen Sarkasmus« der spanischen Blätter Nutzen gezogen; dennoch waren jetzt in seinem Werk mehr Souveränität, eine größere Reife. Die meisten der großen Aktbilder und Intérieurs stammten aus dieser Schaffensperiode. Eine langverschüttete Menschlichkeit war wieder an die Oberfläche gekommen, obwohl die Öffentlichkeit sich wie immer weitaus mehr für ihre bohèmen Aspekte interessierte – Tratsch über Saufereien, über Frauengeschichten, wie er ihm durch die immer wieder aufflackernden Kampagnen in den Klatschspalten der Londoner Boulevardpresse angehängt worden war. Ende der fünfziger Jahre hatte sein Lebensstil fast so etwas wie einen nostalgisch-kuriosen Anstrich bekommen. Die Fiktionen und Fakten seines liederlichen Lebenswandels gekoppelt mit seiner Verachtung für sein Heimatland ... Man lächelte einfach darüber und fand darin die Bestätigung der vulgären Vorstellung, die ja dazu neigt, Kreativität mit einem unbürgerlichen Lebensstil zu verwechseln. Es ist dieselbe Vorstellung, die Van Goghs Ohr jeden Versuch, in der Kunst eine Hochform von Verstand zu erblicken, überschatten läßt zugunsten eines Melodrams für ein Schokoladeneis lutschendes Kinopublikum. Es muß aber eingeräumt werden, daß Breasley selbst die ihm angetragene Rolle des künstlerischen *enfant terrible* nicht ausdrücklich zurückgewiesen hatte; wenn die Leute eben schockiert werden wollten, hatte er ihnen meist den Gefallen getan. Aber Menschen aus seinem engeren Freundeskreis wußten, daß er sich trotz der immer noch auftretenden Anfälle von Exhibitionismus beträchtlich verändert hatte.

1963 erwarb er das alte *manoir* in Coëtminais und sagte seinem geliebten Paris Lebewohl. Ein Jahr darauf waren seine Rabelaisillustrationen erschienen, sein letzter vehementer Auftritt als purer Zeichner; sie wurden in einer numerierten Auflage veröffentlicht, die schon heute zu einem der gesuchtesten Werke ihrer Art in unserem Jahrhundert geworden ist. Und im gleichen Jahr war das erste jener Bilder der letzten Periode entstanden, die dann sein internationales Renommee ein für allemal etablierten. Obwohl er immer die Vorstellung einer mystischen Interpretation ablehnte – und es war in ihm genug von dem alten linken Kämpfer geblieben, um jedwede Art von religiöser Absicht von vornherein auszuschalten –, hatten die buchstäblich und metaphorisch gewaltigen Ölgemälde mit ihren vorherrschend grünen und blauen Tönen, die nun aus seinem Atelier kamen, ihre Wurzeln in einem Henry Breasley, von dem die Öffentlichkeit bisher noch gar nichts geahnt hatte. In gewissem Sinne war es, als hätte er viel später erst entdeckt, wer er wirklich sei, als die meisten anderen über ein vergleichbares technisches Können und vergleichbare Erfahrungen verfügenden Künstler. Wenn er auch nicht ganz zum Einsiedler wurde, hatte er jedoch aufgehört, sich weiter als professionelles *enfant terrible* zu gebärden. Er selbst hatte die Bilder einmal »Träume« genannt; sicherlich enthielten sie eine surrealistische Komponente aus seiner Vergangenheit in den zwanziger Jahren, denn sie zeigten eine Vorliebe für anachronistisches Nebeneinander. Ein anderes Mal nannte er sie »Wandteppiche«, und in der Tat hatte die Aubusson-Werkstatt seinen Motiven

Ähnliches hervorgebracht. Man glaubte beinahe an »eine unwahrscheinliche Ehe zwischen Samuel Palmer und Chagall«, wie es ein Kunstkritiker einmal in einer Rezension der Retrospektive in der Tate Gallery formulierte, an einen vollkommen verinnerlichten Eklektizismus, an etwas, das zwar in seiner ganzen Karriere sichtbar gewesen sei, mit dem er sich aber vor seiner Zeit in Coëtminais nie wahrhaft auseinandergesetzt hatte; eine Andeutung von Sidney Nolan, obwohl in der Thematik weit weniger explizit, eher rätselhaft und archetypisch ... »Keltisch« war ein häufig gebrauchtes Wort für das sich wiederholende Waldmotiv, die enigmatischen Gestalten und Gegenüberstellungen.

Einmal hatte Breasley es selbst teilweise zugegeben, als nämlich jemand die Kühnheit besessen hatte, ihn nach der eigentlichen Quelle zu fragen, und ausnahmsweise einmal auch eine halbwegs ehrliche Antwort bekam: Pisanello und Diaz de la Peña. Die Anspielung auf Diaz und die Schule von Barbizon war natürlich selbstironisch gemeint. Aber nach Pisanello gefragt, hatte Breasley *Die Offenbarung des Hl. Eustachius* zitiert, ein Bild, das in der Londoner Nationalgalerie hängt, und zugegeben, es hätte ihn sein ganzes Leben lang verfolgt. Dieser Hinweis mochte auf den ersten Blick recht weit hergeholt geklungen haben, und deshalb wurde dem Fragenden eilends erklärt, daß Pisanello und seine Mäzene aus dem frühen vierzehnten Jahrhundert in die Artuslegenden vernarrt gewesen seien.

Was den jungen David Williams (geboren 1942, im Jahr von Breasleys erstem Erfolg in England) im September 1973 nach Coëtminais geführt hatte, war just dieser Aspekt im Werk des Alten. Vor der Tate-Retrospektive hatte er sich nicht sonderlich für Breasley interessiert, aber dann waren ihm gewisse Parallelen mit einer Kunst oder besser: einem Stil aufgefallen, nämlich der international auflebenden Neuromantik, die ihn als Kunsthistoriker immer schon fasziniert hatte. Zwei Jahre darauf legte er die von ihm beobachteten Parallelen in einer Abhandlung dar. Ein Abdruck war Breasley geschickt worden, wurde aber nicht bestätigt. Inzwischen war ein Jahr vergangen, David hatte die ganze Sache vergessen und gewiß keinerlei weiteres Interesse an Breasleys Arbeit gezeigt. Deshalb war der Auftrag des Verlages, eine biographische und kritische Einführung für eine Monographie über Breasley zu schreiben (mit der zusätzlichen Mitteilung, das Angebot sei auch im Sinne des Meisters), ziemlich unverhofft und wie ein Blitz aus heiterem Himmel gekommen.

Aber es handelte sich hier nicht ganz um den Fall des jungen Unbekannten, der einen alten Meister besucht. David Williams' Eltern waren beide Architekten, ein geschätztes und immer noch beschäftigtes Team. Schon sehr früh hatte ihr Sohn einen ausgeprägten Farbensinn gezeigt, und David wuchs in einer Umgebung auf, wo er in keiner Weise behindert, sondern nur bestärkt wurde. Er ging dann auf die Kunsthochschule und entschloß sich am Ende für eine Laufbahn als Maler. In seinem dritten Studienjahr war er der beste Student und hatte bereits einige seiner Bilder verkaufen können. Aber nicht nur deshalb galt er als eine Ausnahme: Im Gegensatz zu seinen Mitstudenten konnte er sich außerdem noch sehr gut in Worten ausdrücken. Da er in einem Hause aufgewachsen war, wo zeitgenössische Kunst und alle damit zusammenhängenden Fragen ununterbrochen und verständnisvoll diskutiert wurden, lernte er nicht nur gut sprechen, sondern auch schreiben. Er besaß ein sehr solides kunsthistorisches Wissen, das wiederholte Aufenthalte in dem umgebauten toskanischen Bauernhaus der Eltern vertieft hatten und das mehr war als Ausdruck rein persönlicher günstiger Umstände. Selbstverständlich war er sich bewußt, wie sehr er von Glück sagen konnte und wie sehr ihn seine sozial und von Natur aus weniger bevorzugten Kollegen beneiden könnten. Weil er gerne populär sein wollte, hatte er eine Art sich zu geben entwickelt, in der Aufrichtigkeit und Taktgefühl sorgfältig ausgewogen waren. Vielleicht war es das Bemerkenswerteste, daß er schon als Student beliebt war, genauso wie er später als Lehrer und Dozent beliebt sein sollte – ja selbst von den Opfern seiner Kunstkritik nie ganz verachtet. Zumindest verriß er sie nie nur um des Verreißens willen. Es geschah selten, daß er bei einem Künstler oder in einer Ausstellung rein gar nichts zu loben fand.

Auf seinen eigenen Wunsch ging er nach Beendigung seines Studiums für ein Jahr auf das Courtauld-Institut. Zwei Jahre lang gab er Malunterricht und Kurse in allgemeiner Kunstbetrachtung. Seine eigenen Arbeiten standen unter dem Einfluß von Bridget Riley, von deren damaliger Prominenz er profitierte. Er wurde einer jener passablen jungen Maler, dessen Bilder von denen, die sich ein Bild von der Riley nicht leisten konnten, gekauft wurden. Dann – wir schreiben jetzt das Jahr 1967 – hatte er ein Liebesverhältnis mit einer seiner Studentinnen im sechsten Semester, aus dem sehr bald Ernst wurde. Jedenfalls heirateten sie und kauften sich mit elterlicher Unterstützung ein Haus in Blackheath. Anfangs hoffte David, nur von seinen Bildern leben zu können, aber als Alexandra, die älteste seiner beiden Töchter, geboren wurde und sich auch außerdem noch bei ihm selbst Zweifel an seinen eigenen Arbeiten, die sich inzwischen von dem Rileyschen Einfluß befreit hatten, eingestellt hatten, mußte er sich nach neuen Einnahmequellen umsehen. Malunterricht wollte er nicht wieder geben, aber er hielt gelegentliche Kurse ab. Eine zufällige Begegnung führte zu einem Auftrag, Kunstkritiken zu schreiben, und ein Jahr später hatte sich dies zu einer derart lukrativen Beschäftigung entwickelt, daß er die Kurse an der Kunstakademie aufgeben konnte. Und seitdem war dies sein Leben gewesen.

Nachdem sich seine eigenen Arbeiten vom Op-Art-Stempel befreit hatten, erfreuten sie sich steigender Beliebtheit, so daß, wenn er ausstellte, es meist genug rote Sternchenaufkleber gab. Obwohl er im herkömmlichen Sinne ein abstrakter Maler geblieben war (im gängigen Jargon: Farbenmaler), hatte er erkannt, daß es ihn zur Natur hin und weg vom rein Dekorativen seiner »Riley«-Phase zog. Seine Bilder besaßen eine handwerkliche Präzision, eine solide architektonische Qualität (elterliches Erbe) und einen ausgeprägt subtilen Ton. Um es einmal ganz grob zu sagen: Davids Bilder machten sich gut an Wänden, innerhalb derer man leben konnte, und das war einer der guten Gründe – er kannte und akzeptierte ihn –, warum er sich verkaufte; ein zweiter war, daß er, im Gegensatz zu den meisten nicht gegenständlichen Malern, vorwiegend kleinformatige Bilder malte. Auch dies war wahrscheinlich etwas, was er seinen Eltern verdankte: Zweifel an der transatlantischen Monumentalität, dem unmittelbaren Malen für die Wände der großen modernen Kunstmuseen. Er war auch nicht der Typ eines Künstlers, den es peinlich berühren könnte, sein Werk in Wohnungen und Häusern und ganz privatim, in dem von ihm gewählten Format, genossen zu wissen.

Er hatte zwar keinen Dünkel, war aber nicht ohne Ehrgeiz. Er verdiente immer noch besser als Maler denn als Kunstkritiker, und das bedeutete ihm viel; ebenso lag ihm an dem, was man die Beschaffenheit seines Status innerhalb seiner eigenen Malergeneration nennen könnte. Die Vorstellung einer Art von künstlerischem Konkurrenzkampf würde er verachtet haben, trotzdem verfolgte er aufmerksam, was seine Konkurrenten taten und wie die Öffentlichkeit über sie dachte. In den von ihm verfaßten Kritiken kamen die Künstler, deren Konkurrenz er am meisten fürchtete, oft am besten weg.

Seine Ehe hatte sich, mit Ausnahme einer kurzen schlechten Zeit, da Beth gegen eine »Dauermutterschaft« rebelliert und sich der Women's Lib-Bewegung angeschlossen hatte, als durchaus erfolgreich erwiesen. Und jetzt hatte sie schon zwei Kinderbücher illustrieren und veröffentlichen können, ein drittes war in Auftrag gegeben, ein viertes in Sicht. David hatte die Ehe seiner Eltern immer als vorbildlich empfunden. In seiner eigenen hatte sich dieselbe Art natürlicher Kameradschaft und Zusammenarbeit entwickelt. Als man ihm anbot, die Einführung zu dem Breasley-Band zu schreiben, nahm er es für ein weiteres Omen, daß sich alles bestens entwickelte.

Er hatte nur ein ganz schwaches Gefühl der Angst, als er nach Coëtminais gekommen war: daß es Breasley womöglich nicht aufgegangen sein könnte, in ihm, David, außer einem Kunstkritiker einen Maler vor sich zu haben, genauer gesagt, was für eine Sorte Maler. Der Verleger hatte ihm versichert, darüber hätte es bei dem Alten keine Fragen gegeben. Er hatte die Abhandlung gelesen und erklärt, sie »lese sich gut«, und sich dann weit mehr Gedanken über die Qualität der Farbreproduktionen in dem geplanten Band gemacht. Breasleys Ansicht, reine Abstrahierung sei eine künstlerische Sackgasse, war allgemein bekannt, und auf den ersten Blick würde er auch für Davids Arbeit nicht viel Zeit übrig haben. Aber wer weiß, vielleicht hatten sich seine Ansichten etwas gemildert, obwohl er, so schien es jedenfalls, noch allerlei glühende Kohlen in Reserve hatte, um ein paar davon – 1969 – auf Victor Pasmores Haupt zu sammeln. Es war wahrscheinlich, daß er, der ja so weitab vom Londoner Kunstbetrieb lebte, tatsächlich nicht ahnte, welche Natter er da an seinem Busen nähren würde. So konnte David nur hoffen, das Thema würde vermieden; falls nicht, dann müßte er eben improvisieren – und den Alten überzeugen, daß sich die Welt eine solche Engstirnigkeit nicht mehr leisten konnte. Ein Beweis dafür war ja die Tatsache, daß er den Auftrag angenommen hatte. Breasley »arbeitete« eben, und daß er vom Gefühl und Stil her auf einer völlig anderen und von der eigenen und bevorzugten Künstlergeneration entfernten Ebene (De Stijl, Ben Nicholson und so weiter, den Erzrenegaten Pasmore eingeschlossen) innerhalb der Kunst des zwanzigsten Jahrhunderts lag, tat nichts zur Sache.

Schließlich war David in erster Linie ein toleranter, fairer und wißbegieriger junger Mann.

Er nutzte die knappe halbe Stunde, bevor man »Henry« aufweckte, um sich die Bilder unten im Wohnraum anzusehen. Von Zeit zu Zeit warf er einen Blick durchs Fenster in den Garten hinter dem Haus. Der Rasen blieb leer, das Haus war so still wie bei seiner Ankunft. In dem langen Raum hing nur ein Beispiel Breasleyscher Kunst, aber außerdem gab es noch viel zu bewundern. Die Landschaft war in der Tat, wie David anfangs vermutete, ein Derain. Drei sehr gute Permeke-Zeichnungen. Der Ensor, der Marquet. Ein früher Bonnard. Eine charakteristisch febrile Bleistiftskizze, aber unverkennbar Dufy. Dann ein herrlicher Jawlensky (wo hat er den bloß ergattert?), ein signierter Probedruck von Otto Dix in trauter Nachbarschaft mit einer Nevinson-Zeichnung. Zwei Matthew Smiths, ein Picabia, ein kleines Blumenstück, wohl ein früher Matisse, aber irgend etwas stimmte da nicht ... Diese Werke wurden von der Zahl der Ölbilder und Zeichnungen übertroffen, die David nicht identifizieren konnte. Wenn man das Fehlen der extremeren Richtungen in Kauf zu nehmen bereit war, blieb immer noch ein Raum voll von Kunstwerken des frühen zwanzigsten Jahrhunderts übrig, um deren Besitz willen sich einige der kleineren Museen gegenseitig an die Kehle springen würden. Natürlich hatte Breasley schon vor dem Kriege angefangen zu sammeln, mußte also immer ein privates Einkommen gehabt haben. Seine Mutter war 1925 gestorben, er war das einzige Kind, und von ihr hatte er wohl ein beträchtliches Vermögen geerbt. Sein Vater war einer jener viktorianischen Gentlemen gewesen, denen es gelungen war, vom Nichtstun recht angenehm zu leben; 1907 war er bei einem Hotelbrand ums Leben gekommen. Myra Levey zufolge hatte auch er schon aus Liebhaberei Kunst gesammelt.

Sich selbst hatte Breasley den Ehrenplatz über dem alten steinernen Kamin inmitten des Zimmers zugedacht. Dort hing nämlich das vielleicht bekannteste der Coëtminais-Bilder, die riesige *Moon-hunt,* ein Gemälde, über das David des längeren mit dem Maler sprechen wollte und das er gern in aller Ruhe studiert hätte ..., vielleicht letzten Endes auch, weil er sichergehen wollte, daß er den Gegenstand seiner Einführung nicht überschätzte. Er empfand eine gewisse Erleichterung, daß das Bild sich so gut gehalten hatte – er hatte es nämlich seit der Tate-Ausstellung, die ja bereits vier Jahre zurücklag, nicht mehr im Original gesehen –, und er fand es jetzt noch besser, als es Erinnerung und Reproduktionen verzeichnet hatten. Wie bei so vielen der Breasleyschen Arbeiten gab es eine ganz bewußte Ikonographie, eine Symbolik, hier die von Uccellos *Night Hunt* und den unzähligen Epigonen der folgenden Jahrhunderte, und dies wiederum war Provokation, absichtliches Risiko ... Genauso wie die spanischen Bilder dem großen Schatten Goyas die Stirn geboten, ja, ihn benutzt und parodiert hatten, hatte der Anklang an den Uccello im Ashmolean Museum bewirkt, das Bild, vor dem David saß, zu vertiefen und abzustützen. In der Tat gab er dem Bild eine wesentliche Spannung: Über das Rätselhafte und Doppeldeutige hinaus (keine Hundemeute, keine Pferde, keine Beute ..., statt dessen nächtliche Figuren zwischen Bäumen, aber der Titel war notwendig) und jenseits des Modernen vieler Oberflächenelemente spürte man sowohl die Reverenz als auch die einer sehr alten Maltradition gemachte lange Nase. Zurück blieb ein kleiner Zweifel, ob man es hier wirklich mit einem Meisterwerk zu tun habe; manche Flächen hatten etwas Klumpiges, als sei das Impasto bei näherem Betrachten ein wenig abrupt eingesetzt worden, das Ganze irgendwie ein wenig zu statisch, Farbreliefs fehlten (aber das mochte wieder ein Zitat nach Uccello sein). Jedenfalls blieb es ein beachtliches Werk, hatte Präsenz, konnte es durchaus mit jedem seit dem Krieg gemalten englischen Bild aufnehmen. Vielleicht war das eigentliche Rätsel und das der ganzen Serie, wie ein Mann im Alter von Breasley überhaupt so etwas hatte malen können. Die *Moon-hunt* war 1965 entstanden, also in Breasleys neunundsechzigstem Lebensjahr. Und seither waren acht Jahre vergangen.

Aber dann, als sei er selbst des Rätsels Lösung, erschien der lebendige Maler, kam durch die Tür zum Garten auf David zu.

»Williams, mein lieber Freund.«

Er ging auf ihn zu mit ausgestreckter Hand, hellblaue Hosen, dunkelblaues Hemd, unerwartetes Aufblitzen von Oxford und Cambridge, um den Hals ein rotes Seidentuch. Er war weißhaarig, die Brauen immer noch leicht grau, eine knollige Nase, süffisant wirkender Mund, tränensackbeschwerte graublaue Augen in einem frischen Gesicht. Seine Bewegungen waren energisch, als wäre ihm bewußt, daß er sich irgendwie nicht ganz korrekt verhalten hätte; er war kleiner und schlanker, als David ihn sich nach den Fotos vorgestellt hatte.

»Es ist eine große Ehre für mich, Sir, daß ich herkommen durfte.«

»Unsinn, Unsinn.« Davids Ellenbogen bekam einen Schubs; das Lächeln und das Fragende unter den Augenbrauen und der schütteren weißen Stirnlocke wirkte suchend und zugleich abweisend. »Hat man sich um Sie gekümmert?«

»Aber ja. Durchaus.«

»Lassen Sie sich bloß nicht von der Maus verunsichern. Sie ist nicht ganz bei Troste.« Der Alte stand da, Hände in den Hüften, und machte den Eindruck eines Menschen, der jung, aufmerksam und etwa in Davids Alter erscheinen wollte.

»Bildet sich nämlich ein, sie sei Lizzie Siddal. Demzufolge wäre ich dieser unmögliche italienische Schmierant . . . Unverschämtheit, was?«

David lachte. »Ich hatte tatsächlich eine gewisse . . .«

Breasley hob den Blick zur Zimmerdecke.

»Mein Guter. Sie haben keine Ahnung. Immerhin. Mädchen in diesem Alter. Na, wie wär's mit Tee? Einverstanden? Wir sind draußen im Garten.«

Als sie hinüber zur Westseite des Raumes gingen, zeigte David nach hinten, auf das Ölbild. »Herrlich, das wiedersehen zu können. Ich kann nur hoffen und beten, die Drucker kriegen's hin.«

Breasley hob die Schultern, als sei es ihm gleich; oder aber, als sei er gegen das ein wenig zu direkte Kompliment gefeit. Dann warf er David wieder einen fragenden Blick zu.

»Sie sollen ja wohl das letzte Wort in der Kunstkritik sein, oder?«

»Wohl kaum.«

»Hab Ihre Sachen gelesen. All diese Figuren, von denen ich nie etwas gehört hatte. Hat mir gefallen. War gut.«

»Aber falsch?«

Breasley legte ihm die Hand auf den Arm.

»Ich bin ja nicht vom Fach, lieber junger Freund. Meine Unwissenheit in Dingen, die Sie bestimmt so gut wie die Titten der Frau Mama kennen, würde Sie verblüffen. Macht nichts. Müssen sich mit mir abfinden, was?«

Sie gingen in den Garten. Das Mädchen mit dem Spitznamen Maus, immer noch barfuß und in ihrem weißen arabischen Gewand, kam mit einem Tablett voll Teegeschirr von der gegenüberliegenden Seite des Hauses schräg über den Rasen. Von den beiden Männern nahm sie keine Notiz.

»Sie sehen jetzt, was ich meine«, murmelte Breasley. »Gehört der Hintern versohlt.«

David biß sich auf die Lippen. An dem Tisch unter dem Trompetenbaum angekommen, sah er das zweite junge Mädchen nahe einer kleinen Raseninsel stehen, die durch ein Gebüsch vom Haus abgeschirmt war. Sie mußte die ganze Zeit über gelesen haben, denn er sah den Strohhut mit der roten Schärpe hinter ihr im Gras liegen, als sie ihnen, das

Buch noch in der Hand haltend, entgegenkam. Wenn die Maus bereits seltsam war, war dieses Geschöpf einfach absurd. Sie war noch kleiner, sehr mager, mit einem hageren Gesicht unter einem Schopf krausen, hennagefärbten Haares. Ihre Konzession an die Sittsamkeit bestand aus einem Baumwollunterhemd – es mochte einem Mann oder einem Kind gehört haben –, das schwarz gefärbt war. Es reichte, aber nur ganz knapp, über ihre Lenden. Die Augenlider waren ebenfalls schwarz gefärbt. Sie sah aus wie eine Stoffpuppe, eine groteske, neurotische Vogelscheuche, als sei sie geradewegs einer der absurden Boutiquen aus Chelseas extremeren Gefilden entflohen.

»Das ist Anne«, sagte die Maus.

»Alias das Monstrum«, ergänzte Breasley.

Er nahm Platz und deutete auf einen Stuhl neben sich. David zögerte, denn es war ein Sitzplatz zu wenig da, aber das Monstrum hatte sich ein wenig ungelenk auf den Rasen neben den Stuhl ihrer Freundin gesetzt. Ein roter Slip war unter dem schwarzen Trikothemd sichtbar geworden. Die Maus schenkte Tee ein.

»Ihr erster Besuch in diesem Teil der Welt, Williams?«

Das gab David die Chance, höflich zu sein, und zwar ganz echt; er hatte nämlich die Bretagne und ihre Landschaft neu entdeckt. Was er zum besten gab, schien dem Alten zu gefallen; jedenfalls fing dieser an, über das Haus zu reden, davon zu erzählen, wie er es gefunden und warum er Paris den Rücken gekehrt hatte. Dabei verleugnete er recht geschickt seinen Ruf als Schwerenöter, es hatte fast den Anschein, als wäre er sehr froh, einmal mit einem anderen Mann sprechen zu können. Er saß mit dem Rücken zu den beiden Frauen und würdigte sie keines Blickes. Bei David machte sich das Gefühl immer stärker bemerkbar, daß sie ihm seine Anwesenheit verübelten; sei es, weil er die Aufmerksamkeit von ihnen abgelenkt hatte, weil mit ihm eine gewisse Förmlichkeit in das Ganze gekommen war oder weil sie alles, was der Alte erzählte, schon mehrmals gehört hatten – er wußte es nicht genau. Breasley hatte das Thema gewechselt – wieder im Gegensatz zu seinem Ruf – und sprach über die walisische Landschaft und seine Kindheit in den Jahren vor

1914. David wußte wohl, daß seine Mutter aus Wales stammte, daß er während des Krieges ein paar Jahre in Breconshire verlebt hatte, daß er aber weder Erinnerungen an das oder gar Heimweh nach dem Land hegte; die Hügel waren es, die er manchmal vermißte.

Der Alte sprach merkwürdig abgehackt, halb behauptend, halb zögernd, die Derbheiten seltsam antiquiert, bestückt mit Obszönitäten, überhaupt nicht intellektuell oder einfühlend, eher wie ein schrulliger – der Vergleich amüsierte David – pensionierter Admiral. Sie waren so atemberaubend fehl am Platze, diese überholten britischen Herrenklassemanierismen im Munde eines Mannes, der sein ganzes Leben lang gerade das zu verleugnen sich bemüht hatte, wofür sich die Oberklasse stark machte. Ein vergleichbares Paradox war das glatt über die Stirn gebürstete Haar; Breasley mußte schon als Kind sein Haar so getragen haben, eine Frisur, die Hitler bei den jüngeren Männern längst unmöglich gemacht hatte. Es verlieh ihm etwas Jungenhaftes, aber das gerötete, auf cholerische Anfälle deutende Gesicht und die blassen Augen verrieten Älteres, Gefährlicheres. Er hatte diesmal ganz offenbar die Rolle des jovialen alten Narren gewählt, und er mußte genau gewußt haben, daß er niemanden damit täuschte.

Wären indessen die beiden Frauen nicht so still gewesen – das Monstrum hatte sich sogar mit dem Rücken gegen die Vorderseite des Stuhls, auf dem die andere saß, gelehnt, nach ihrem Buch gelangt und wieder zu lesen angefangen –, würde sich David durchaus wohl gefühlt haben. In weißer Eleganz saß die Maus da, tat aber so, als sei sie in Gedanken ganz woanders – vielleicht in einem Genrebild von Millais. Jedesmal wenn David ihren Blick suchte, verzog sie ihr sehr ebenmäßiges Gesicht zu einer kleinen Grimasse, die ganz entfernt einer Bekräftigung ähnelte; ja, sie war noch da. Was zur Folge hatte, daß sie den Eindruck erweckte, als ob sie es überhaupt nicht sei. Er war neugierig geworden, was hier gespielt wurde – jenseits dessen, was offenbar war. Er war nicht darauf vorbereitet gewesen, denn sein Verleger hatte ihm erklärt, Breasley lebte allein – das heißt, nur mit einer älteren französischen Haushälterin. Im Verlauf dieser Teegesellschaft machte die Beziehung einen eher töchterlichen Eindruck auf ihn. Nur einmal zeigte der alte Löwe seine Pranken.

David hatte von Pisanello gesprochen, weil er wußte, daß er sich damit auf sicherem Gelände befand, und von den kürzlich wiederentdeckten Fresken in Mantua. Breasley hatte sie auf Abbildungen gesehen, schien wirklich interessiert, Näheres aus erster Hand zu erfahren, und ehrlich unwissend – David hatte zuerst seine Warnung nicht sehr ernstgenommen –, was die betreffenden Maltechniken anging. Kaum hatte sich David des längeren über Einzelheiten von *arricio, intonaco, sinopie* und alles übrige ausgebreitet, als Breasley ihn unterbrach.

»Monstrum, mein liebes Kind, leg doch um Himmels willen mal das beschissene Buch weg und hör lieber zu.«

Sie sah auf, legte das Paperback demonstrativ auf den Rasen und verschränkte die Arme. »Verzeihung.«

Dies an David gerichtet, nicht an den Alten – ihre Langweile ganz unverhüllt. Du bist zwar ein Nervtöter, aber wenn er darauf besteht.

»Und wenn du schon um Verzeihung bittest, sieh so aus, als ob du es auch meinst.«

»Ich wußte nicht, ob wir mit einbezogen waren, deshalb.«

»Scheiße.«

»Außerdem hatte ich sowieso zugehört, also.«

Ihre Stimme hatte einen leichten Cockney-Akzent, müde und verwildert.

»Sei gefälligst nicht so unverschämt.«

»Doch hab ich zugehört.«

»Scheiße.«

Sie verzog das Gesicht, sah hoch zu der Maus. »Hen-*ree*.«

David lächelte.

»Was lesen Sie denn da?«

»Lieber junger Mann, bitte halten Sie sich hier raus.« Er beugte sich nach vorn und zeigte mit dem Finger auf das Mädchen. »Schluß damit. Lern was.«

»Jawohl, Henry.«

»Mein lieber junger Freund, ich bitte um Entschuldigung. Sprechen Sie weiter.«

Das kleine Zwischenspiel hatte bei der Maus eine unerwartete Reaktion hervorgerufen. Sie nickte hinter Breasleys Rükken David verstohlen zu; ob sie ihm damit bedeuten wollte, daß dies ganz normal sei, oder meinte, er sollte weitermachen, ehe sich ein echter Krach entwickelte, war nicht klar. Aber als er den Faden wiederaufnahm, hatte er das Gefühl, sie hörte ihm mit ein wenig mehr Interesse zu. Sie stellte sogar eine Frage, zweifellos wußte sie etwas über Pisanello. Der Alte mußte von ihm gesprochen haben.

Bald darauf stand Breasley auf und lud David ein, seinen »Arbeitsraum« in einem der Gebäude hinter dem Garten zu besichtigen. Die beiden Mädchen rührten sich nicht. Als er Breasley durch das gewölbte Tor in der Gartenmauer folgte, warf er einen kurzen Blick zurück und sah, wie die magere, braungebrannte Gestalt in dem schwarzen Trikothemd das Buch wieder aufgenommen hatte. Als sie über den Kiespfad auf die Gebäude zu ihrer Linken zuschritten, zwinkerte der Alte ihm zu.

»Immer dasselbe. Hat man die kleinen Luder erst mal im Bett. Verlieren jedes Gefühl für Distanz.«

»Sind sie Kunststudentinnen?«

»Die Maus. Gott weiß, für was sich die andere hält.«

Es war deutlich geworden, daß er nicht über die beiden jungen Frauen sprechen wollte; als seien sie nichts weiter als Motten um das Licht seiner Kerze, ein paar Edelgroupies. Er erklärte David die Umbauten und Veränderungen, die er vorgenommen hatte, und was die Gebäude früher gewesen waren. Durch einen Türweg betraten sie das große Atelier, eine umgebaute Scheune, deren oberster Stock entfernt worden war. Ein langer Tisch, bedeckt mit Skizzen und Papier, nahe breiten, modernen, auf die Nordseite des kiesbestreuten Hofes gehenden Fenstern; ein kleinerer Tisch für Farbtuben, vertraute Gerüche und Malwerkzeuge, und alles beherrschend, an der gegenüberliegenden Seite des Studios, ein anderes Bild aus der Coëtminais-Serie, dreiviertel fertig – eine vier mal zwei Meter große Leinwand auf einer extra angefertigten hölzernen Staffelei mit einer niedrigen, fahrbaren Leiter davor, damit der Maler den höchsten Rand des Bildes erreichen konnte. Wieder war es eine Waldlandschaft, aber im Zentrum befand sich eine Lichtung mit viel mehr Gestalten als gewöhnlich, einem weit weniger ausgeprägten Unterwassergefühl und darüber ungetrübtes Blau, fast Schwarz, das einen Eindruck sowohl von Nacht als auch von Tag vermittelte, von Hitze und gleichzeitig von dräuendem Gewitter, das über der menschlichen Komponente hing. Diesmal hörte er ein unmißverständliches Echo – die Breughel-Familie –, denn er hatte gelernt aufzupassen, und sogar ein Selbstzitat der *Moon-hunt* im Haupthaus.

David lächelte dem Maler zu.

»Irgendwelche Aufschlüsse zu offerieren?«

»Die Kirmes? Möglich. Bin noch nicht sicher.« Der Alte starrte sein Bild an. »Sie ziert sich. Wartet, nicht wahr?«

»Ich finde, sie ist schon jetzt sehr gut.«

»Deshalb muß ich immer Frauen um mich haben. Gefühl für den richtigen Zeitpunkt. Bluten und so weiter. Lernen, wann man nicht arbeiten soll. Neunzig Prozent vom Handwerk.« Dabei sah er David voll ins Gesicht. »Aber das wissen Sie ja. Malen doch selber, was?«

David hielt den Atem an und glitt dann rasch über das dünne Eis; erzählte von Beth, sprach davon, wie sie zu Hause das Atelier teilten, wie er wisse, was Breasley meinte. Der alte Mann drehte die Handflächen nach oben, als fände er das richtig, und schien glücklicherweise nicht interessiert, das Thema von Davids eigenen Arbeiten weiter zu verfolgen.

Er wandte sich um, setzte sich auf einen Hocker neben die Fensterbank und holte ein Stilleben hervor, eine Bleistiftzeichnung, ein Strauß Feldblumen – Weberkardenköpfe und ein paar Disteln, nachlässig über einen Tisch verstreut. Sie waren mit bemerkenswerter Akkuratesse, aber ein wenig leblos gezeichnet.

»Die Maus. Zeigt bereits eine Handschrift, meinen Sie nicht auch?«

»Gute Linienführung.«

Breasley wies mit dem Kopf in die Richtung der riesigen Staffelei. »Ich lasse sie mitarbeiten. Die Grundierung.«

David murmelte: »Bei diesem Format ...«

»Gescheites Mädchen, Williams. Lassen Sie sich nicht täuschen. Sollte mich nicht über sie lustig machen.« Der alte

Mann sah unverwandt auf die Zeichnung. »Verdient was Besseres.« Dann: »Könnte aber nicht ohne sie auskommen.«

»Ich bin sicher, sie lernt viel dabei.«

»Weiß, was die Leute sagen. Alter Bock und so weiter. Mann in meinen Jahren.«

David lächelte. »Heutzutage sagt das niemand mehr.«

Aber Breasley schien es nicht gehört zu haben.

»Scher mich auch einen Scheißdreck drum, hab's nie getan. Wenn man erst anfängt, sie geistig auszunutzen.«

Und fing an, über das Alter zu sprechen, wandte sich wieder dem Bild zu, David neben ihm, starrte es an: Wie nämlich die Vorstellungskraft, die Fähigkeit zu konzipieren, doch nicht, wie man in seinen jüngeren Jahren glaubte, verkümmere. Was abnahm, das war das physische und psychologische Stehvermögen – »genau wie der alte Petermann« –, um die Arbeit auszuführen. Da mußte man eben Hilfe haben. Es war, als schämte er sich, es zuzugeben.

»Römische Caritas. Sie wissen doch . . ., der alte Knacker, der aus den Titten irgendeiner jungen Mieze Milch saugt. Muß oft daran denken.«

»Ich glaube einfach nicht, daß das so einseitig sein soll.« David wies auf die Blumenskizze. »Da sollten Sie mal sehen,was die meisten englischen Kunststudenten bei uns für eine Erziehung bekommen.«

»Tatsache?«

»Allerdings. Die meisten können nicht einmal zeichnen.«

Breasley fuhr sich über das weiße Haar. Wieder schien er beinahe rührend jungenhaft, unsicher. Und David war fasziniert und verführt von dem scheuen, aber ehrlichen menschlichen Wesen unter all der Vulgarität und den ungeschliffenen Manieren; dieser Mensch hatte anscheinend beschlossen, ihm zu vertrauen.

»Müßte sie rausschmeißen. Hab nicht den Mumm.«

»Sollte sie das nicht selbst entscheiden?«

»Sie hat doch nichts gesagt, ich meine, als Sie kamen?«

»Sie gab eine sehr überzeugende Vorstellung als Ihr Schutzengel.«

»Wohl eher ein Racheengel, oder?«

Dies wurde mit einem Anflug bitterer Resignation gesagt

und blieb unerklärt, denn der alte Mann hatte sich mit erneuter Energie erhoben und Davids Arm berührt, als wollte er sich entschuldigen.

»Ach, hol's der Teufel. Sie sind doch gekommen, um mich auseinanderzunehmen, was?«

David erkundigte sich nach den Vorstudien zu dem Bild.

»Probiere herum. Zeichne viel. Sehen Sie mal.«

Und führte David bis ans Ende der Werkbank. Die Arbeitsskizzen wurden mit derselben ein wenig merkwürdigen Mischung aus schüchterner Zurückhaltung und Anmaßung präsentiert, die er bei der Erwähnung des Mädchens gezeigt hatte – als fürchte er zugleich Kritik und befürchte deren Ausbleiben.

Dieses neue Bild, schien es, war einer sehr nebelhaften Kindheitserinnerung entsprungen, dem Besuch eines Jahrmarktes, er wußte nicht mehr, wo es gewesen war, er mußte damals fünf, sechs Jahre gewesen sein, jedenfalls hatte er sich unbändig auf diesen Besuch gefreut, es intensiv genossen, konnte heute noch die überwältigende Sehnsucht spüren, die Erinnerung, ganz erfüllt von Verlangen, er wollte jedes Zelt, jede Schaubude ganz erleben, alles sehen, alles schmecken. Und dann hatte es ein Gewitter gegeben, die Erwachsenen hatten es aufziehen sehen, jedenfalls war es für ihn aus irgendeinem Grunde ganz überraschend gekommen, als Schock, als schreckliche Enttäuschung. Im Verlauf der Vorstudien waren die üblichen Hinweise auf den Jahrmarkt immer mehr verschwunden; die Skizzen waren viel ausführlicher und vielfältiger, als David erwartet hatte, und in der endgültigen *imago* war nichts mehr von dem Jahrmarktthema übriggeblieben. Es war, als hätte eine plumpe Buchstäblichkeit, so etwas wie eine artistische Entsprechung zu der Sprache des Alten, mühselig und langsam durch immerwährendes Umgruppieren und Entfremden ausgemerzt werden müssen. Aber die Entstehungsgeschichte warf ein Licht auf die seltsame Innerlichkeit, die erleuchtete Vergessenheit des zentralen Motivs. Die metaphysischen Parallelen, kleine Lichthimmelskörper in endlosen Nächten und alles übrige waren vielleicht einen Bruchteil zu deutlich geblieben. Es war alles eine Schattierung zu düster und erhaben; in Worten gefaßt, könnte man es einen pessimistischen Gemeinplatz über die *condition humaine* genannt haben. Aber Ton, Stimmung, Kraft der Aussage waren überzeugend – und mehr als genug, um irgendwelche persönlichen Ressentiments in David gegen das Erzählende in der Malerei zu überwinden.

Das Interview uferte aus; David vermochte den alten Mann immer weiter in die Vergangenheit zurückzuführen, bis zu den Jahren in Paris, als er mit Braque und Matthew Smith befreundet gewesen war. Daß Breasley Braque verehrte, war allgemein bekannt, aber er wollte ganz sichergehen, daß David es auch mitbekam. Der Unterschied zwischen Braque und Picasso, Matisse »und Konsorten« war wie der zwischen einem großen Mann und großen Jungen.

»Sie wußten das. Er wußte es. Jeder außer der beschissenen übrigen Welt weiß das.«

David widersprach nicht. Picassos Name wurde tatsächlich so ähnlich ausgesprochen wie »Piekarscho«. Aber allgemein hatten die Obszönitäten merklich nachgelassen. Die unaufrichtige Maske des Ignoranten war verrutscht und das Gesicht des alten Weltbürgers zum Vorschein gekommen. In David war der Verdacht aufgestiegen, er hätte es hier mit einem Papiertiger zu tun, gewiß aber mit jemandem, der immer noch in einer Welt vor seiner eigenen Geburt lebte. Gelegentliche Ausbrüche von Aggressivität basierten auf derart überholten Vorstellungen von dem, was Menschen schockieren, was für sie rote Tücher sein könnten; um es auf den Kopf zu stellen: Es war, als spielte man Matador bei einem blinden Stier. Nur ein eingebildeter Narr hätte sich auf so deutliche Hörner nehmen lassen.

Kurz vor sechs Uhr nachmittags gingen sie langsam über den Hof und ins Haus zurück. Wieder waren die beiden jungen Frauen nirgendwo zu sehen. Breasley führte ihn durch den langen Raum im Erdgeschoß, damit er sich die Bilder ansehen konnte. Es wurde ihm mit Anekdoten aufgewartet, einige zweifellos Geständnisse der Zuneigung. Einem berühmten Namen wurde eine Rüge erteilt, »zu sehr auf Hochglanz poliert«.

»Schafft ein Dutzend pro Tag, müssen Sie wissen. Faul bis in die Knochen. Das hat ihn gerettet. Sorgfältig? Scheiße.«

Und es kam noch mehr Unverblümtes zutage, als David ihn gefragt hatte, was ihn zu bestimmten Käufen veranlaßt hätte, wonach er Ausschau gehalten habe.

»Nach einer Geldanlage, junger Freund. Versicherung. Hatte nie geahnt, daß mein eigenes Zeug mal was wert sein könnte. Was halten Sie von dem da?«

Sie waren vor dem kleinen Blumenstilleben stehengeblieben, das David anfangs für einen Matisse gehalten hatte. David schüttelte den Kopf.

»Hat seither nichts als Abfall produziert.«

Unter den gegebenen Umständen war das kein Hinweis. David lächelte.

»Helfen Sie mir.«

»Miró. 1915 gemalt.«

»Großer Gott.«

»Traurig.«

Und dabei schüttelte er den Kopf, als stünde er am Grabe eines Menschen, der in der Jugend Maienblüte dahingerafft worden war. Da hingen noch andere kleine Schätze, die David nicht hatte identifizieren können: ein Sérusier, eine bemerkenswert gauguineske Landschaft von Filiger . . ., aber als sie an der anderen Ecke des Zimmers angelangt waren, öffnete Breasley eine Tür.

»Hier schafft die wahre Künstlerin, Williams. Sie werden sehen. Heute beim Abendessen.«

Sie standen in der Küche: An einem Tisch saß ein hohlwangiger, ergrauter Mann und schälte Kartoffeln; eine ältere Frau hantierte gerade an einem modernen Kochherd. Sie lächelte, als David ihr vorgestellt wurde: Jean-Pierre und Mathilde, die Haus und Garten besorgten. Da war auch ein großer Schäferhund, der sich aufgesetzt hatte und den der Mann beruhigend tätschelte. Er hieß Macmillan, das reimte sich auf Villon; weil, erklärte Breasley, indem er verächtlich die Luft durch die Nase zog, er ein »alter Hochstapler« sei. Zum erstenmal hörte David ihn französisch sprechen, mit einer merkwürdig veränderten Stimme, völlig fließend und für Davids Ohren ohne jeden Akzent; aber Englisch war jetzt wohl eher die Fremdsprache geworden. Er vermutete, daß das Menü besprochen wurde; Breasley lüftete die Kasserollendeckel auf dem Herd und schnupperte wie ein Offizier vom Dienst, der das Essen fürs Kasino inspiziert. Dann wurde ein Hecht produziert und begutachtet; der Mann berichtete, wie er ihn am Nachmittag gefangen und wie der Hund, nachdem der Fisch gelandet war, versucht hatte, ihn zu attackieren. Breasley beugte sich hinunter und drohte dem Hund mit dem Zeigefinger, er sollte sein Gebiß lieber für Diebsgesindel schonen; David war froh, daß er zufällig zu einer Zeit gekommen war, als das Tier nicht im Haus war. Er empfand den Eindruck, als sei diese Abendvisite in der Küche so etwas wie ein Ritual. Die Atmosphäre von heiler, häuslicher Welt, von Familiarität, das friedliche französische Paar waren ein beruhigendes Gegengewicht zu der irgendwie doch perversen Note, welche die Anwesenheit der beiden jungen Frauen in seinen Besuch gebracht hatte.

Als sie wieder in dem langen Raum waren, bat Breasley David, er möchte es sich doch bequem machen, er hätte noch ein paar Briefe zu schreiben. Um halb acht würden sie sich hier zu einem Aperitif wieder treffen.

»Hoffentlich geht es bei Ihnen nicht allzu förmlich zu.«

»Mein lieber junger Freund, bei uns darf jeder, wie er will. Pudelnackt, wenn Sie wollen.« Er zwinkerte. »Die Mädels haben sicher nichts dagegen.«

David grinste. »Gut.«

Der Alte hob die Hand und ging zur Treppe. Halbwegs oben drehte er sich um und rief hinunter ins Zimmer.

»Die Welt besteht nicht nur aus Mösen, was?«

David wartete ein paar diskrete Minuten, ehe er nach oben ging. Auf der Chaiselongue sitzend, machte er sich ein paar Notizen. Schade, daß man den Alten nicht wörtlich zitieren konnte; jedoch waren diese ersten beiden Stunden sehr nützlich gewesen, und es sollte noch mehr kommen. Ein wenig später streckte er sich auf dem Bett aus, die Hände hinter dem Kopf verschränkt, und starrte an die Decke. Es war sehr warm und stickig trotz der offenen Fensterläden. Eigenartig, aber am Ende hatte er so etwas wie eine kleine persönliche Enttäuschung über Breasley gespürt; ein wenig zu viel Gehabe und Schwerenötergetue für das Endprodukt, eine zu große Inkongruenz von Mann und Kunst; und ganz unlogisch war, obgleich David das Thema nicht berührt haben wollte, ein winziger Schmerz, ein Stich geblieben, weil er nicht über seine eigenen Arbeiten befragt worden war. Natürlich war das absurd und nichts weiter als eine Reaktion auf eine himmelschreiende

Monomanie, aber dabei war auch ein Körnchen Neid ... Dieses einmalige alte Haus, das geräumige Atelier, die Sammlung und jener Hautgout von Zweideutigkeit, der, im Vergleich mit seiner verläßlichen Beth und den Kindern zu Hause, überall zu spüren war; die Abgeschiedenheit, Fremdartigkeit, das eigenartige Wetterleuchten von Aufrichtigkeit, eben eine Patina ... Fruchtbarkeit, den ganzen Tag über in dieser Landschaft, so viele reifende Äpfel.

Aber war das nicht unfair Beth gegenüber, die schließlich im Verlauf der gehetzten, in letzter Minute geführten Diskussionen am Montag vormittag, als Sandys Windpocken ernstlich ausgebrochen waren, ein größeres Verantwortungsgefühl als er gezeigt hatte? Ihre Mutter war schon bei ihnen, um sich während ihrer Abwesenheit um alles zu kümmern, und man hätte ihr auch durchaus alles überlassen können ... Sie war bereit und hatte sich auf Davids Seite gestellt. So war es eben nur Beths Gewissen, ihre alte Starrköpfigkeit und, so vermutete er, auch ein letztes Restchen von Schuldgefühl gewesen, weil sie kurz nach Louises Geburt gegen die Tyrannei der Kinder gemeutert hatte. Selbst angenommen, hatte sie gesagt, die Pocken verliefen ohne Komplikationen, würde sie ohne endgültige Gewißheit einfach keine Ruhe haben. Und schließlich handelte es sich ja um Davids Beruf, er müsse gehen. Die Woche Ferien, die sie anschließend in der Ardèche verbringen wollten, konnte ruhig etwas später beginnen. Am Ende hatten sie, als er am Montag abend nach Southampton fuhr, entschieden, daß, falls ihn am Donnerstag in Coëtminais kein Telegramm erwartete, sie ihn am Tage darauf in Paris treffen würde. Ehe er fortfuhr, hatte er noch schnell einen Flugplatz reservieren lassen und einen Blumenstrauß und eine Flasche Champagner mit der Flugkarte nach Hause gebracht. Dafür hatte ihm seine Schwiegermutter ein gutes Zeugnis erteilt. Beth war weniger enthusiastisch gewesen. In seiner ersten Enttäuschung hatte er nämlich ein wenig zu offensichtlich seinen Widerwillen, alleine reisen zu müssen, ja, besonders gerade diese Reise zu unternehmen, beteuert und über elterliches Verantwortungsgefühl gestellt. Aber ihre letzten Worte waren: »In Paris werde ich dir verzeihen.«

Eine Tür nahe dem Treppenabsatz, durch die Breasley

verschwunden war, ging kurz auf, Musik drang aus dem Zimmer, Radio oder eine Schallplatte, es klang wie Vivaldi. Dann war wieder alles still. Er kam sich vor wie ein Besucher: an der Peripherie, eigentlich unerwünscht. Ihm fielen wieder die beiden jungen Frauen ein. Natürlich schockierte es heutzutage keinen mehr, daß sie mit dem Alten ins Bett gingen oder was immer man mit alten Männern macht. Vermutlich gab es, sowohl buchstäblich als auch im übertragenen Sinne, eine angemessene Belohnung dafür; sicher wußten sie, was seine Arbeiten jetzt für Preise erzielten, ganz zu schweigen davon, was seine Sammlung für einen Auktionswert haben würde. Irgendwie nagte ihre Anwesenheit an ihm und irritierte ihn. Indem sie sich die Schwächen des Alten zunutze machten, erhofften sie sich irgend etwas. Dabei wollten sie ihn abschirmen, und er spürte ein Geheimnis, das er nicht erfahren sollte.

Jetzt wünschte er, Beth wäre hier. Sie hatte stets viel weniger Furcht gehabt, den Leuten auf die Zehen zu treten, sie war viel unbefangener, und sie hätte auch viel mehr aus den Mädchen herausbekommen können, als es ihm je möglich sein würde.

Als er hinunterkam, war er froh, sich doch noch umgezogen zu haben – den Jeansanzug, ein offenes Hemd und einen Seidenschal. Die Maus, in cremefarbener, hochgeschlossener Bluse und einem langen, rostroten Rock, war gerade dabei, den hölzernen Eßtisch am anderen Ende des Zimmers zu decken. Lampen waren angezündet, draußen verblaßte das letzte Licht. David entdeckte den weißen Hinterkopf von Breasley oberhalb der Sofakante beim Kamin; und dann erkannte er, als er den Raum durchquerte, daß der rotgefärbte Wuschelkopf des Monstrums an seiner Schulter lehnte. Sie hatte sich hintenübergelegt, die Füße auf einen Schemel gestützt und las laut aus einer französischen Zeitschrift vor. Dazu trug sie ein schulterfreies schwarzes Satinkleid mit einem gerüschten Saum wie eine spanische Tänzerin. Die Hand des Alten – er hatte den Arm um ihre Schulter gelegt – war unter den Stoff geschlüpft und umfaßte ihre linke Brust. Als er David bemerkte, nahm er sie nicht etwa weg, sondern hob nur seine freie Hand und wies damit auf die Maus.

»Nehmen Sie doch einen Drink, lieber Junge.«

Auch er hatte sich umgezogen: ein helles, sommerliches Jackett, ein weißes Hemd, dazu eine purpurfarbene Fliege. Das Mädchen verrenkte den Kopf und blickte verstohlen zu David auf, anthrazitumrandete Augen, intensiv roter Mund, eine schwache Grimasse, und dann begann sie, das Gelesene mühsam ins Englische zu übersetzen. David lächelte, zögerte einen Augenblick verlegen und ging dann hinüber zu der Maus, die den Tisch deckte. Sie gab ihm einen kühlen Blick.

»Was trinken Sie?«

»Das gleiche wie Sie.«

»Noilly Prat?«

»Fein.«

Aus einer alten, geschnitzten Kredenz neben der Tür zur Küche holte sie Gläser, Flaschen, eine Schale mit Eiswürfeln.

»Zitrone?«

»Bitte.«

Er nahm das gebotene Glas und beobachtete, wie sie sich selbst einschenkte; dann goß sie ein Glas voll mit irgendeiner Art sprudelnder Limonade, und schließlich mixte sie einen Whisky . . ., sorgsam dosiert, sie hob sogar das Glas und prüfte das Maß, indem sie zwei Finger daranhielt, ehe sie eine gleiche Menge Soda daraufgoß. Ihre Bluse war aus einem lose gewebten Material von der Farbe alter Spitzen, durch das man winzige Streifen nackter Haut sehen konnte; sie hatte weite, lange, eng um das Handgelenk gefaßte Ärmel, war gouvernantenhaft hochgeschlossen; alles sehr dezent und brav außer, wie er bald merkte, daß sie darunter nichts anhatte. Er beobachtete ihr Profil, als sie die Gläser füllte, seine ruhige Gelassenheit. Sie bewegte sich geübt, war ganz offenbar vertraut mit dieser häuslichen Rolle. David wunderte sich darüber, warum der Alte sich über sie lustig machen mußte; ihr Geschmack, ihre offenbare Intelligenz waren viel glaubwürdiger als ihre vorgebliche Albernheit. Jetzt hatte sie auch nichts Präraffaelitisches mehr; sie war einfach ein sehr attraktives Pfläumchen der siebziger Jahre . . ., mit dem sich viel leichter umgehen ließ als zum Beispiel mit der absurden Sexpuppe dort auf dem Sofa, die nun wieder einen französischen Text vorlas. Hier und da verbesserte der Alte ihre Aussprache, und sie wiederholte das betreffende Wort. Die Maus brachte ihnen ihre Drinks und ging zurück zu David. Er reichte ihr ihr eigenes Glas, das sie zusammen mit seinem eingeschenkt hatte. Er spürte einen ganz unverhohlenen Blick, und es sah so aus, als hätte sie halbwegs seine Gedanken lesen können. Dann hob sie ihm schweigend ihr Glas entgegen und nahm einen kleinen Schluck. Die eine Hand legte sie unter den Ellbogen. Dann endlich lächelte sie.

»Nun, waren wir einigermaßen brav?«

»Doch, durchaus. Und sehr hilfreich.«

»Warten wir's ab.«

Er lächelte. Gewiß, sie gefiel ihm immer mehr. Das ebenmäßige Gesicht, der schöne Mund; die klaren blaugrauen Augen, zu ihrer sonnengebräunten Haut kontrastierend, hatten ihre nachmittägliche Versunkenheit verloren. Sie hatte die Augen ein wenig angemalt, hatte ihre leicht slawisch wirkende Mandelform betont. Ihr Blick hatte etwas Unbefangenes, das ihm gefiel. Eine seiner Theorien fing an, Risse zu zeigen und bröckelig zu werden. Seine Überzeugung, daß die beiden den Alten aus reiner Gewinnsucht ausbeuteten, war erschüttert.

»Er hat mir eine Ihrer Zeichnungen gezeigt. Die Karden. Ich fand sie sehr gut.«

Sie sah kurz in ihr Glas, ganz bewußt zögerte sie mit der Antwort. Dann sah sie ihm wieder in die Augen.

»Und mir hat Ihre Ausstellung im vergangenen Herbst in der Redfern Gallery gefallen.«

Er fuhr zusammen; die Überraschung nicht gespielt.

Sie lächelte wieder.

»Sie waren da?«

»Sogar zweimal.«

Er sagte: »Und Sie waren damals wo . . .?«

»Leeds. Ich machte gerade mein Diplom in Kunstgeschichte und Design. War dann zwei Semester am Royal College.«

Er sah entsprechend beeindruckt aus. »Lieber Himmel, dann brauchen Sie doch nicht . . .«

»Hier lerne ich mehr.«

Er senkte den Blick; schließlich ging ihn das nichts an, es war ihm aber trotzdem gelungen, ihr zu verstehen zu geben, daß man die Chance einer Fortbildung an dem sehr exklusiven, wählerischen Royal College of Arts nicht so mir nichts, dir nichts in den Wind schlug.

»Bestimmt. Und Henry ist froh, daß er mich hat.«

Sie sprach mit einem anderen Lächeln, aber es war weder ironisch noch eingebildet, und David revidierte seine Meinung über das junge Mädchen abermals. Sie hatte sich legitimiert, und sofort gewann sie in seinen Augen an Status, war jemand, den man ernst nahm. Offenbar hatte er die Dinge gründlich mißverstanden, war bei seiner Ankunft auf obskure Art irregeführt worden. Sofort erkannte er, welch reelle Arbeitshilfe sie für den Alten sein mußte, und machte eine Vermutung: die erotischen Dienste leistete allein das andere Mädchen.

»Das neue Ölbild ist erstaunlich. Ich weiß wirklich nicht, wie er es schafft, eins nach dem anderen zu produzieren.«

»Indem er niemals an jemand anderen denkt als an sich selbst. Hauptsächlich.«

»Und das lernen Sie?«

»Das beobachte ich.«

»Er hat gesagt, er sei Ihnen sehr dankbar.«

»Er ist eigentlich ein Kind. Er braucht Spielzeug. Wie Zuneigung. Die er dann versucht kaputtzumachen.«

»Aber Ihre ist ganz geblieben?«

Sie hob die Schultern. »Wir müssen ihm ein bißchen schöntun. Vorgeben, wir wären vor Ehrfurcht erstarrt, weil er doch so ein toller Hecht sein soll. Ein Scheich mit einem Harem.«

Er lächelte und sah hinunter.

»Ich muß gestehen, daß ich ein wenig neugierig war, was hier wirklich vorgeht.«

»Unserem letzten Besucher, er war kaum zehn Minuten hier, wurde erzählt, daß wir beide in der vergangenen Nacht je dreimal vergewaltigt worden sind. Sie dürfen nicht den Anschein erwecken, als ob Sie an seinem Wort zweifelten. In dieser Hinsicht.«

Er lachte. »Wird gemacht.«

»Er weiß ja, daß ihm das niemand abnimmt, aber darum geht es nicht.«

»Verstanden.«

Mit kleinen Schlucken trank sie ihren Wermut.

»Und um mit noch eventuell verbliebenen falschen Vorstellungen aufzuräumen: Anne und ich versagen ihm nicht das bißchen Geschlechtsleben, das er noch schafft.«

Sie blickte ihm direkt in die Augen. Jenseits der Offenheit verspürte er eine Art von Trotz, eine Warnung. Dann senkten beide den Blick; Davids Augen streiften die Linie der sich unter ihrer Bluse abzeichnenden nackten Brüste. Dann wandte er den Blick weg. Koketterie war ihr anscheinend ganz fremd, als wäre in ihr auch nicht ein Fünkchen von der provokant zur Schau getragenen Sexualität ihrer Freundin. Sie besaß eine so große Selbstsicherheit, daß diese ihrem guten Aussehen und dem wiederholten Hinweis auf Nacktheit jegliche Bedeutung nahm; trotzdem war es, als wollte sie die Aufmerksamkeit darauf lenken.

Sie fuhr fort: »In Worten kann er sich überhaupt nicht ausdrücken. Das müssen Sie gemerkt haben. Zum Teil, weil er so lange im Ausland gelebt hat. Es geht aber viel tiefer. Er muß sehen und fühlen können. Ganz buchstäblich. Der bloße Schatten halberblühter Mädchenknospen genügt da nicht.«

»Langsam begreife ich, was er für ein Glück hat.«

»Ich habe Ihnen nur die Sollseite gezeigt.«

»Auch das habe ich bemerkt.«

Sie warf einen kurzen Blick auf das Sofa, wo der Alte saß, dann sah sie wieder David an. »Wenn er ausfallend wird, dürfen Sie sich nicht einschüchtern lassen. Klein beigeben nützt nichts, er haßt das. Bleiben Sie fest. Und nicht den Kopf verlieren.« Sie lächelte. »Tut mir leid, wenn ich so neunmalklug klinge. Aber ich kenne ihn wirklich.«

Er schwenkte die Zitronenscheibe am Grunde seines Glases herum. »Eigentlich bin ich mir gar nicht sicher, warum ich hier überhaupt Einlaß gefunden habe. Wenn er weiß, wie ich male.«

»Darum warne ich Sie, denn er hat mich gefragt, und ich mußte es ihm sagen. Für den Fall, daß er es sowieso herausbekommt.«

»Ach je!«

»Keine Angst. Er wird es wahrscheinlich nur dabei belassen, ein paar bösartige Bemerkungen zu machen. Von denen Sie sich nicht provoziert fühlen sollten.«

Er sah sie kleinlaut an. »Ich fürchte, daß ich hier nur stören kann. Besonders Sie.«

»Weil wir heute nachmittag so betont gelangweilt aussahen? Und nicht sehr zuvorkommend waren?«

Sie lächelte, und er lächelte zurück.

»Sie sagen es.«

»Wir freuen uns aber, daß Sie da sind. Wir können es nur nicht allzu deutlich vor Henry zeigen.«

»Was ich nun vollkommen verstehe.«

Ein plötzliches Aufblitzen von Spott erschien in ihren Augen.

»Und nun müssen Sie Anne mitkriegen. Sie ist schwieriger als ich.«

Aber dazu war keine Zeit mehr. Die Küchentür ging auf, und die Haushälterin steckte ihren grauen Kopf ins Zimmer.

»*Je peux servir, mademoiselle?*«

»*Oui, Mathilde. Je viens vous aider.*«

Sie ging in die Küche. Das andere Mädchen war aufgestanden und hatte Breasley mit hochgezogen. Ihr Rücken war nackt, der Ausschnitt lächerlich tief. Hand in Hand gingen sie durch das Zimmer bis zu dem Fleck, wo David wartete. Man mußte ihr einen gewissen Stil zubilligen. Beim Gehen nahm sie kleine, selbstpersiflierende Schritte, sie hatten etwas Affenartiges, einen unterdrückten Übermut, herausfordernd gekünstelt neben dem gemessenen Schritt ihres weißhaarigen Begleiters. David bezweifelte, daß er sie jemals »mitkriegen« würde.

Nur ein Teil des langen Tisches war gedeckt. Breasley stellte sich ans Kopfende, das Mädchen nahm an seiner Rechten Platz. Der alte Mann wies auf einen Stuhl.

»Bitte, Williams.«

Demnach sollte er rechts von dem Monstrum sitzen. Mathilde und die Maus erschienen: eine kleine Suppenterrine, eine Platte mit *crudités,* eine zweite mit verschiedenen Ringen rosa Wurst, eine Schale mit Butter. Die Suppe war für Breasley. Er blieb stehen und wartete mit altmodischer Zuvorkommenheit, bis die Maus Platz genommen hatte. Dann beugte er sich vor und küßte sie leicht auf den Scheitel. Die beiden Mädchen wechselten einen nichtssagenden Blick. Trotz ihrer so völlig verschiedenen Erscheinungen und Mentalitäten bestand zwischen ihnen eine deutliche Nähe, ein unmittelbarer Kontakt, der keiner Worte bedurfte. Die Maus schöpfte Suppe in den vor dem Alten stehenden Teller. Er steckte sich den Zipfel der Serviette zwischen zwei Hemdknöpfe und breitete den Rest über seinem Schoß aus. Wortlos deutete das Monstrum an, daß David sich zuerst bedienen sollte. Die Haushälterin entzündete eine Öllampe, die in der Zimmerecke stand, brachte sie herüber an den Tisch und stellte sie auf den leeren Platz David gegenüber. Auf ihrem Weg in die Küche langte sie nach einem Schalter und knipste das elektrische Licht aus. Am anderen Ende des langen Raumes war auf der Höhe der Galerie ein indirektes Licht angeblieben, und die graziöse Diagonale der mittelalterlichen Treppe zeichnete sich dagegen ab. Draußen hing eine letzte, blasse Phosphoreszenz im Abendlicht über den Baumkronen; die Gesichter in den sanften Strahlen des Milchglasschirms der Öllampe gebadet. Die Maus schenkte aus einer Flasche ohne Etikett David Rotwein ein, dann dem Alten und schließlich sich selbst. Das Monstrum trank anscheinend nichts; sie aß auch kaum etwas. Sie saß da, die Ellbogen ihrer braunen, nackten Arme auf die Tischplatte gestützt, pickte kleine Häppchen rohen Gemüses von ihrem Teller und knabberte an ihnen; dabei starrte sie unentwegt über den Tisch hinweg die Maus aus ihren dunkelumrandeten Augen an. David würdigte sie mit keinem Blick. Eine kleine Pause war eingetreten, als sie sich alle über das Essen hermachten; es war, als warteten sie auf Breasley, damit er das Tischgespräch für eröffnet erklärte. Jedenfalls war David hungrig und fühlte sich viel ungezwungener, seit das Mädchen schräg gegenüber die Luft so völlig gereinigt hatte. Im Schein der Lampe sah die Szene aus wie ein Chardin, ein Georges de la Tour; sehr friedlich. Dann verschluckte sich das Monstrum auf einmal und mußte husten. David warf ihr einen Blick zu: Nein, sie hatte sich nicht verschluckt, sie hatte nur ein Kichern unterdrücken wollen.

Die Maus murmelte: »Idiot.«

»Entschuldigung.«

Sie machte einen absurden Versuch, die Lippen fest zusammengepreßt, die Mundwinkel heruntergezogen, den Rükken angelehnt, ihre Nervosität zu beherrschen; es ging nicht, sie preßte ihre weiße Serviette gegen das Gesicht und wand sich vom Stuhl. Sie machte ein paar Schritte weg vom Tisch und blieb mit dem Rücken zu den anderen stehen. Breasley löffelte seelenruhig seine Suppe weiter.

Die Maus lächelte David über den Tisch hinweg an.

»Sie sind nicht gemeint.«

»Gehört der Hintern versohlt«, brummte Breasley.

Das Mädchen stand immer noch, langes, gerades Rückgrat den Essern zugewandt, ein dunkelroter wuscheliger Schatten über dem Vogelscheuchenhals. Dann ging sie weiter weg, auf den Kamin zu, und verschwand in der Dunkelheit.

»Die Maus ist eine Ihrer Verehrerinnen, Williams. Hat sie Ihnen das erzählt?«

»Jawohl. Und wir haben bereits eine Gesellschaft zur gegenseitigen Bewunderung gegründet.«

»Sehr pingeliges Geschöpf das, unsere Maus.«

David lächelte.

»Fußtapfen von Pythagoras, stimmt's?«

Danach widmete sich der Alte wieder ganz seiner Suppe. David warf dem Mädchen ihm gegenüber einen hilfesuchenden Blick zu.

»Henry will wissen, ob Sie Abstraktionen malen.«

Die Augen auf den vollen Löffel gerichtet, sagte der Alte schnell: »Obstruktionen.«

»Nun ja. Tut mir leid . . ., es stimmt.«

Noch ehe er den schnellen Blick der Maus auffangen konnte, wußte er, daß er einen Fehler gemacht hatte. Der Alte lächelte zu ihm auf.

»Und warum tut es Ihnen leid, mein junger Freund?«

Darauf erwiderte David leichthin: »Ach, nur so eine Redensart.«

»Sehr gescheites Zeug, intellektuell, wird behauptet. Und wird allgemein bewundert, sagt die Maus.«

David dachte an Jan van Eyck, als er murmelte: *»Als ich kan'.«*

Breasley sah ein zweitesmal hoch.

»Was war das?«

Aber ehe David antworten konnte, stand das Monstrum wieder hinter ihrem Stuhl: In den Händen hielt sie drei rosa Chrysanthemenblüten, die sie aus der Vase, die David in dem Kamin hatte stehen sehen, herausgenommen hatte. Sie legte eine neben sein Gedeck, die zweite neben das des Alten, die dritte neben das der Maus. Dann setzte sie sich wieder hin, die

Hände brav im Schoß wie ein Kind, das sich selbst gestraft hat. Breasley beugte sich vor und tätschelte onkelhaft ihren Arm.

»Was sagten Sie gerade, Williams?«

»So brauchbar ich sie eben machen kann.« Dann fuhr er schnell fort: »Ich hatte ganz bescheiden gehofft, daß es eher in den Fußtapfen von . . .«, aber wieder merkte er zu spät, daß er ein zweitesmal ausrutschen würde.

»Von wem, junger Mann?«

»Braque?«

Es war ein Fehler. David hielt den Atem an.

»Meinen Sie diesen synthetischen kubistischen Unsinn?«

»Für mich hat er aber Sinn, Sir.«

Einen Augenblick antwortete der Alte nicht und löffelte weiter Suppe.

»Als junge Menschen setzen wir alle Bankerte in die Welt, Querschläger.« David lächelte und biß sich auf die Zunge. »In Spanien hab ich viele Greuel erlebt. Unsagbare Dinge. Krieg bringt das mit sich. Nicht nur die andere Seite. Auch unsere.« Dann nahm er einen letzten Schluck Suppe, legte den Löffel hin, lehnte sich in seinem Stuhl zurück und sah David prüfend an. »Lieber Mann, die Schlacht ist geschlagen. Und nun wollen Sie sich kaltblütig mit mir anlegen? Gefällt mir gar nicht.«

»Man hatte mich gewarnt, Mr. Breasley.«

Auf einmal entspannte sich der Alte ein wenig; in seinen Augen leuchtete sogar Belustigung auf.

»Solange Sie sich's merken, mein Junge.«

David öffnete die Hände: er wird es sich merken. Die Maus sprach.

»Henry, möchtest du noch etwas Suppe?«

»Zuviel Knoblauch.«

»Es ist genauso viel drin wie gestern abend.«

Der Alte brummte und langte nach der Weinflasche. Das Monstrum hob die Hände und fuhr sich mit gespreizten Fingern durch das Wuschelhaar, als hätte sie Angst, es könnte flach liegen. Dann drehte sie sich ein wenig zu David, die Arme noch immer erhoben. »Gefällt Ihnen meine Tätowierung?«

In der ausrasierten Achselhöhle war ein dunkelblaues Gänseblümchen.

Für den Rest der Mahlzeit gelang es David, mit der Maus als stillschweigender Komplizin, das Gespräch von der Kunst weg zu steuern. Das Essen tat ein übriges: Die Hechtklößchen in Buttersauce, gefolgt von Lammbraten *pré salé*, waren eine neue kulinarische Erfahrung. Man unterhielt sich über die französische Küche, über Feinschmeckertum ganz allgemein, dann über die Bretagne, den Charakter der Bretonen. Sie waren hier, so erfuhr David, in der sogenannten Haute Bretagne, im Gegensatz zu der weiter westlich gelegenen Basse oder Bretagne Bretonnante, wo man noch die alte Sprache benutzte. *Coët* bedeutete Wald oder Forst – *minais*: der Mönche. Die umliegenden Waldbestände gehörten einst der Abtei. Wenn die anderen untereinander redeten, sagten sie nur *Coët* und ließen das *minais* fallen. Meist unterhielten sich die Maus und David, obwohl sie sich hier und da an Breasley wandte, um von ihm Bestätigung oder weitere Einzelheiten zu erhalten. Das Monstrum sprach so gut wie überhaupt nicht. David spürte einen Unterschied zwischen dem Maß an Freiheit, das den beiden erlaubt war. Die Maus durfte sich ganz unbefangen verhalten; die andere war eher geduldet. Auch sie, so wurde offenbar, war eine ehemalige Kunststudentin – Gebrauchsgraphikerin allerdings. Die beiden hatten sich in Leeds auf der Kunsthochschule kennengelernt. Sie machte aber den Eindruck, als nähme sie ihren Beruf und ihre Qualifikationen nicht allzu ernst und als ginge das Gesagte über ihr Begriffsvermögen.

Die Pranke hatte zugeschlagen, und Breasley war's zufrieden und offenbar willens, zumindest ein Stück Weges zurückzukehren zu dem Menschen, der er vor dem Abendessen gewesen war. Der Maus war es zwar gelungen, das Tischgespräch an den Klippen vorbeizusteuern, aber sie hatte weniger Erfolg, ihn von der Flasche abzuhalten. Sie selbst trank nur sehr wenig, und David hatte längst aufgegeben, mit seinem Gastgeber Schritt zu halten. Aus der Kredenz wurde noch eine Flasche geholt, und am Schluß der Mahlzeit war auch diese leer und Breasleys Blick glasig geworden. Aber er machte nicht den Eindruck eines Betrunkenen, tastete nicht etwa vergebens nach seinem Glas; nur in seinen Augen saß das Merkmal eines von einem vertrauten Dämon Besessenseins. Seine Antworten wurden immer kürzer, und es schien, als hörte er kaum noch zu. Die Maus hatte sich beschwert, daß sie niemals ins Kino gingen, und das Gespräch hatte sich dem Film zugewandt: Was hatte David an Neuem in London gesehen? Dann unterbrach sie der Alte schroff.

»Maus, noch eine Flasche.«

Sie sah ihn an, aber er wich ihrem Blick aus.

»Zu Ehren unseres Gastes.«

Immer noch zögerte sie. Der alte Mann blickte unverwandt in sein leergetrunkenes Glas; dann hob er die Hand und patschte damit auf den Tisch. In der Geste lagen weder Kraft noch Zorn, nur eine vage Ungeduld. Aber sie stand auf und ging hinüber zu der Kredenz. Anscheinend hatten beide einen Punkt erreicht, wo der Klügere nachgab und nicht aufbegehrte. Breasley lehnte sich wieder in seinen Stuhl zurück und fixierte David unter seiner weißen Haarsträhne. Beinahe gütig, mit einer Art gefrorenem Lächeln. Das Monstrum sprach die Tischplatte vor sich an. »Henry, darf ich aufstehen?«

Er nahm den Blick nicht von David. »Warum?«

»Weil ich mein Buch lesen möchte.«

»Du bist eine dämliche Trine.«

»Bitte.«

»Los, ab durch die Mitte!«

Er hatte sie nicht angesehen. Die Maus kam mit der dritten Flasche zurück an den Tisch, und das Monstrum sah ein wenig verschüchtert zu ihr auf, als sei ihre Erlaubnis ebenfalls nötig. Ein leichtes Kopfnicken, und David fühlte auf einmal, wie sein Oberschenkel kurz gedrückt wurde. Die Hand des Monstrums hatte unter den Tisch gelangt, wahrscheinlich, um ihm Mut zu machen. Sie stand auf, durchquerte den Raum und ging die Treppe hinauf. Breasley schob David die Flasche hin. Es war keine Geste der Gastfreundschaft, sondern eine Kampfansage.

»Nichts mehr für mich, danke. Ich hatte genug.«

»Kognak? Calvados?«

»Nein, danke.«

Der alte Mann schenkte sich das Glas voll.

»Wohl wieder dieses Kiffzeug?« Dabei drehte er den Kopf seitwärts, der Treppe zu. »Das ist das Buch, das sie lesen will.«

Mit ruhiger Stimme antwortete die Maus: »Das hat sie aufgegeben. Und das weißt du genau.«

Er nahm einen großen Schluck Wein.
»Dachte, ihr junges Gemüse nehmt alle dies Zeug.«
David sagte leichthin: »Ich persönlich nicht.«
»Weil's sich nicht gut mit der Rechenschieberkunst verträgt, was?«
»Kann sein. Aber ich bin kein Mathematiker.«
»Wie würden Sie es denn sonst nennen?«
Die Maus wartete, den Blick gesenkt. Offensichtlich konnte sie ihm nun nicht mehr beistehen, außer als stumme Zeugin. Es war witzlos, jetzt vorzugeben, man wisse nicht, was mit »es« gemeint war. David erwiderte den unverwandten Blick des Alten.
»Mr. Breasley, die meisten von uns glauben heutzutage, daß der Begriff Abstraktion oder abstrakte Malerei einfach bedeutungslos geworden ist. Weil sich nämlich in den letzten fünfzig Jahren unsere Vorstellung von der Wirklichkeit grundlegend gewandelt hat.«
Es war, als müßte der Alte das erst mal verdauen und dann abtun.
»Ich nenne es Verrat. Den tiefsten Verrat in der Geschichte der Kunst.«
Der Wein war ihm in Wangen und Nase gestiegen, und sein Blick war fast blind geworden. Er saß jetzt eher gegen die Rückenlehne gestemmt; den Stuhl hatte er etwas verschoben, damit er genau gegenüber von David zu sitzen kam. Das hatte ihn aber auch der jungen Frau neben ihm ein wenig näher gebracht. David hatte sich wohl während des Abendessens allzu lange und intensiv mit ihr unterhalten ... Er merkte das jetzt und auch, daß der Alte sie beobachtet hatte, als sie vor dem Abendessen miteinander gesprochen hatten. Er mußte sie sozusagen zurückerobern.
»Sieg des beschissenen Kastraten.«
Auf diese Weise.
»Jedenfalls besser als der Sieg des beschissenen Diktators.«
»Hoden. Sperma. Jede Art von Sperma. Selbst Hitlers Sperma. Oder gar nichts.«
Ohne David anzusehen sagte die Maus: »Henry meint, reine Abstraktion sei nichts weiter als eine Flucht aus menschlicher und sozialer Verantwortung.« Eine Sekunde lang glaubte er, sie

hätte Breasleys Seite ergriffen; dann ging ihm auf, daß sie sich jetzt als Dolmetscherin betätigte.

»Wenn aber die Philosophie der Logik bedarf? Wenn angewandte Mathematik das rein Formale braucht? Lassen sich nicht auch in der Kunst Fundamentalitäten verteidigen?«

»Scheiße. Keine Fundamentalitäten. Fundamente.« Er nickte dem Mädchen neben ihm zu. »Paar Titten und 'ne Möse. Und alles, was dazugehört. Das ist Wirklichkeit. Und nicht Ihre Pipitheoreme und Schwuchtelfarben. Ich weiß nämlich genau, was Sie und Ihre Leute bezwecken.«

Wieder dolmetschte die Maus mit einer völlig neutralen Stimme: »Sie haben Angst vor dem menschlichen Körper.«

»Vielleicht, weil wir uns mehr für den Verstand als für die Genitalien interessieren.«

»Dann helfe Gott Ihrer bedauernswerten Frau.«

»Ich dachte, es geht hier um Malerei«, sagte David und hielt dabei seine Stimme ruhig.

»Mit wieviel Frauen haben Sie geschlafen, Williams?«

»Das geht Sie nichts an, Mr. Breasley.«

Er war in der Tat verwirrend, dieser steinerne Blick in den Pausen, ehe eine Antwort sich formulieren ließ; wie Fechten in Zeitlupe.

»Kastrieren. Das wollt ihr doch bloß. Zerstören.«

»Es sind schlimmere Zerstörer unter uns als gegenstandslose Kunst.«

»Scheiße.«

»Sagen Sie das mal den Leuten von Hiroshima. Oder jemandem, der mit Napalm besprüht wurde.«

Der Alte schnaubte verächtlich. Wieder kam eine Pause.

»Die Naturwissenschaft hat keine Seele. Kann nichts dafür. Ratte im Labyrinth.«

Er leerte sein Glas und gab der Maus ungeduldig zu verstehen, daß er es wieder gefüllt haben wollte. David schwieg, obwohl er in diesem Augenblick gerne gefragt hätte, warum man ihn überhaupt nach Coëtminais eingeladen hatte. Er war nervös geworden, obwohl man ihn gewarnt hatte. Schuld daran war das verletzend Persönliche der Attacke, die Erkenntnis, daß jedwede Art vernünftiger Rechtfertigung oder Diskussion nur Öl ins Feuer gießen würde.

»Was ihr Leute ...«, der Alte blickte wieder starr in sein volles Glas, übersprang Worte. »Die Stellung verraten. Ausverkauft. Nennt euch Avantgarde. Experimentell. Mein Allerwertester. Hochverrat, weiter nichts. Für ein naturwissenschaftliches Linsengericht. Den ganzen Kram einfach verraten und verkauft.«

»Abstrakte Malerei ist längst nicht mehr avant-garde. Und basiert denn nicht die beste Propaganda für Humanismus gerade auf der Freiheit, so zu schaffen, wie man will?«

Wieder diese Pause.

»Quatsch mit Sauce.«

David zwang sich ein Lächeln ab. »Dann wären wir wieder beim sozialistischen Realismus? Bei staatlich beaufsichtigter Kunst?«

»Was beaufsichtigt Sie denn, Wilson?«

»Williams«, sagte die Maus.

»Kommen Sie mir gefälligst nicht mit dem liberalen Geschwätz. Mußte mein Leben lang in dem Mief existieren. *Le fairplay*. Nichts als Schlappärsche.« Er schoß mit dem Zeigefinger auf David. »Zu alt dafür, mein Bübchen. Hab zu viel mitgemacht. Zu viele Menschen für Anständigkeit sterben sehen. Toleranz. Dafür, daß sie ihre Hintern sauber hielten.«

Mit einem einzigen verachtungsvollen Schluck trank er das Glas aus und griff erneut nach der Flasche. Der Hals schepperte gegen den Glasrand, und er verschüttete Wein, etwas floß auf den Tisch. Die Maus nahm das Glas hoch und goß ein wenig davon in ihr eigenes; dann wischte sie ruhig die Tischplatte ab. David schwieg. Er hatte sich wieder einigermaßen gefangen, aber er war verlegen geworden.

»Gute Weine, Sie wissen doch, was die machen? Sie pissen hinein. Pissen in das Faß.« Mit leicht zittriger Hand hob er das Glas an den Mund und setzte es wieder hin. Die Pausen zwischen jeder Verbalexplosion wurden immer länger. »Zehn Engländer gehen in den kleinen Finger eines Franzosen.« Wieder eine Pause. »Keine Öle. Pigment. Alles Scheiße. Wenn's überhaupt was taugt. *Merde*. Menschliches Exkrement. *Excrementum*. Das, was herauswächst. Das sind Fundamentalitäten. Und nicht eure gottverdammten zimperlichen Fetzchen von abstraktem guten Geschmack.« Wieder hielt er inne, als suchte er einen Weg nach vorn und müßte am Ende zurückgehen. »Würde mir nicht einmal den Hintern damit abwischen.«

Danach bleierne Stille. Irgendwo draußen schrie eine Eule. Das Mädchen saß da, den Stuhl ein wenig vom Tisch weggerückt, die Hände im Schoß gefaltet, die Augen gesenkt, offenbar bereit, wenn's sein müßte, eine Ewigkeit so zu verharren, bis der Alte endlich aufhörte. David überlegte, wie oft sie diese durch den Alkohol befreite groteske Travestie eines Bohemiens hatte erdulden müssen. All diese uralten Schlachten, die erneut gekämpft werden mußten, wo doch die ganze Angelegenheit de facto und de jure längst entschieden war, und zwar lange vor Davids Geburt. Nicht jede Form war »natürlich«; Farbe hatte auch nichtgegenständliche Funktionen . . ., darüber ließ sich heutzutage genausowenig mehr argumentieren wie über Einsteins berühmte Formel. Die Kernspaltung hatte stattgefunden. Gewiß, über die Anwendung ließe sich streiten, aber nicht über das Prinzip. So dachte David, und etwas davon mußte auf seinem Gesicht zu lesen gewesen sein. Auch er hatte mehr als gewöhnlich getrunken.

»Enttäusche Sie, was, Williams? Glauben wohl, ich bin besoffen? In vino Pfeifensack?«

David schüttelte den Kopf. »Sie übertreiben nur.«

Pause.

»Sind Sie wirklich ein Maler, Williams? Oder nur ein saftloser, beschissener Wortverdreher?«

David antwortete nicht. Erneute Stille. Der Alte trank wieder.

»Sagen Sie doch was.«

»Haß und Ärger sind Dinge, die wir uns nicht mehr leisten können. In keiner Hinsicht.«

»Dann helfe Ihnen Gott.«

David lächelte ein wenig. »Der läßt sich nicht kommandieren.«

Die Maus langte nach vorn und goß sich das Glas voll.

»Wissen Sie, wie während meiner Schulzeit einer genannt wurde, der auch noch die andere Backe hinhielt?«

»Nein.«

»Er war der Bimsmichel. Sind Sie ein Bimsmichel, Wilson?«

Diesmal verzichtete die Maus darauf, ihn zu verbessern, David, ihm zu antworten.

»Auf die Knie, Hosen runter. Löst alles, was?«

»Nein, das ist keine Lösung. Aber Furcht ist es auch nicht.«

»Ist was nicht?«

»Ist keine Lösung... Angst haben, man verliert etwas..., das nicht in Frage gestellt wird.«

Der alte Mann sah ihn unverwandt an.

»Was zum Teufel will er damit sagen?«

Die Maus sagte gelassen: »Er meint, deine Arbeit und deine Ansichten über Kunst seien in keinerlei Gefahr, Henry. Und daß es genügend Platz für alle gibt.«

Dabei sah sie David nicht an, sondern rückte ein Stück nach vorn und weg von dem Alten, stützte einen Ellbogen auf die Tischplatte, vergrub das Kinn in der Hand. Ganz flüchtig legte sie den Finger auf die Lippen. David sollte ihm nicht weiter widersprechen. Draußen schlug Macmillan plötzlich an; wilder Ausbruch der Wachsamkeit. Eine Stimme, es war die von Jean-Pierre, rief. Weder der Alte noch das Mädchen nahmen davon Notiz; für sie war es wohl ein vertrautes Nachtgeräusch. Aber für David war es höchst symbolträchtig, gefahrvoll, ein Echo der Spannung in dem alten Mann.

»So denkt man also heute, was?«

Das Mädchen sah David über den Tisch an. In ihren Augen ein halbes Lächeln.

»Henry meint, man sollte für Sachen, die man selbst für schlecht hält, keine Toleranz zeigen.«

»Immer die gleiche alte Geschichte. Sich neutral und beschissen englisch verhalten. Ich wähle Adolf.«

Wieder gab es eine Pause, aber dann sprach sie plötzlich.

»Henry, totalitäre Ideen lassen sich nicht durch totalitäre Mittel beseitigen. Damit bestärkt man sie nur.«

Vielleicht sickerte jetzt eine vage Erkenntnis durch, daß sie nun auf Davids Seite übergewechselt war. Der Blick des Alten schweifte ab und verlor sich in den Schatten am Ende des langen Tisches. Als sie das letzte Mal sein Glas vollgeschenkt hatte, hatte sie die Flasche links neben sich und außerhalb seiner Reichweite gestellt.

Er bemühte sich, zu artikulieren. »Möchte Ihnen was sagen.«

Dabei war nicht klar, ob er damit meinte: Ich wollte Sie nicht persönlich beleidigen, oder aber: Ich hab vergessen, was es war.

David murmelte: »Ja, ich weiß.«

Wieder richtete der Alte den starren Blick auf ihn. Aber er konnte ihn nicht konzentrieren.

»Wie war doch der Name?«

»Williams. David Williams.«

Die Maus sagte: »Trink aus.«

Aber er nahm keine Notiz.

»Kann keine Worte machen. Nie mein Fall gewesen.«

»Ich begreife aber, was Sie sagen wollen.«

»Wer nicht haßt, kann nicht lieben. Wer nicht liebt, kann nicht malen.«

»Stimmt.«

»Verdammte Geometrie. Taugt nichts. Funktioniert nicht. Haben's alle mal versucht. Zum Fenster hinaus.« Sein unverwandter, auf David gerichteter Blick war jetzt erfüllt von einer verzweifelten Konzentration, es war fast ein Festklammern. Er schien jedweden Zusammenhang verloren zu haben.

Die Maus gab das Stichwort. »Schaffen ist reden.«

»Kann nicht ohne Worte schreiben. Linien.«

Das Mädchen sah in die Dunkelheit. Dann sprach sie sehr ruhig.

»Kunst ist eine Art Sprache. Sprache beruht auf menschlichem Mitteilungsbedürfnis und nicht auf abstrakten grammatischen Theorien. Beruht auf nichts als dem gesprochenen Wort. Dem wirklichen Wort.«

»Andere Sache. Ideen. Lassen mich kalt.«

David nickte ernst.

Die Maus fuhr fort. »Ideen sind von Anfang an gefährlich, denn sie verleugnen menschliche Tatsachen. Die einzige Antwort auf den Faschismus ist die menschliche Tatsache.«

»Maschine. Wie sagt man, Computer.«

David beschwichtigend: »Ich begreife wirklich.«

»Tachismus. Fautrier. Wols. Wie eine Herde verschreckter Schafe. Tropf. Tropf.« Er hielt inne. Eine Pause. »Der Yankee, wie heißt er doch?«

David und das Mädchen antworteten gleichzeitig, und er verstand es nicht. Die Maus wiederholte den Namen.

»Jackson Bollock.« Und wieder starrte er ins Leere, in die Dunkelheit. »Lieber die beschissene Bombe als Jackson Bollock.«

Sie schwiegen. David sah unverwandt auf die alte Tischplatte vor sich; nachgedunkelte Eiche, zerschrammt und glattgerieben, eine Patina jahrhundertealten Gebrauches; jahrhundertealte Stimmen, die einer bedrohlichen, unbarmherzigen Flut Einhalt geboten. Als ob die Zeit eine Ebbe kannte.

Dann sprach der alte Mann auf einmal ganz deutlich, als hätte er nur den Betrunkenen gespielt, und faßte alles mit endgültiger Inkonsequenz zusammen.

»Ebenholzturm. So nenne ich das.«

David warf dem Mädchen einen Blick zu, aber sie sah weg. Offenbar war jetzt eine Bankrotterklärung wichtiger geworden als eine Verdolmetschung. Es war ganz deutlich, daß Breasley ihnen nichts vormachte. David folgte seinem Blick und wie er verschwommen das Glas suchte oder mehrere Gläser. Dann langte er danach in einem letzten Bemühen, bestimmt und nüchtern zu erscheinen. Die Maus griff nach seiner Hand und steckte ihm behutsam den Stiel des Glases zwischen die Finger. Der Alte konnte es nur mit Mühe zum Munde führen und versuchte, alles mit einem einzigen entschlossenen Schluck hinunterzubekommen. Der Wein lief ihm das Kinn hinunter und auf die weiße Hemdbrust. Die Maus beugte sich vor und tupfte sie mit ihrer Serviette ab.

Dann sagte sie leise: »Schlafenszeit.«

»Noch eins.«

»Nein.« Sie nahm die halbleere Flasche vom Tisch und stellte sie neben sich auf den Fußboden. »Alles alle.«

Die Augen des Alten hatten David gefunden.

»Qu'est-ce qu'il fout ici?«

Das Mädchen stand auf und legte die Hand unter seinen Ellbogen, um ihn vom Stuhl hochzubekommen.

Er sagte: »Bett.«

»Ja, Henry.«

Aber er blieb sitzen, den Kopf ein wenig gebeugt, ein sehr alter Mann im Zustand völliger Benommenheit.

Geduldig wartete das Mädchen. Ihr gesenkter Blick traf David, sie war seltsam ernst geworden, als fürchtete sie, in seinen Augen so etwas wie Verachtung für die Rolle zu lesen, die sie zu spielen hatte. Er deutete auf sich – konnte er ihr irgendwie behilflich sein? Sie nickte, hob aber einen warnenden Finger: Noch nicht. Einen Augenblick später beugte sie sich vornüber und küßte den Alten auf die Schläfe.

»Na komm schon. Versuch zu stehen.«

Und jetzt, wie ein gehorsamer, aber etwas schüchterner kleiner Junge, stemmte er die Handflächen auf die Tischplatte. Er schwankte ein wenig, als er auf die Füße kam, und torkelte vornüber gegen die Tischkante. Rasch kam David an seine andere Seite. Aber er fiel plötzlich wieder auf den Stuhl zurück. Diesmal zogen sie ihn gemeinsam hoch. Wie betrunken er war, wurde erst deutlich, als sie ihn durch das Zimmer und zur Treppe führten. Er war wie im Koma, die Augen geschlossen; nur seine Beine, ob nun einem uralten Instinkt gehorchend oder als Resultat langjähriger Übung, trieben ihn im Schlurfschritt vorwärts. Die Maus zog an dem Schleifenbinder und machte ihm den obersten Hemdknopf auf. Jedenfalls konnten sie ihn schließlich die Treppe hinauf und in das große Zimmer an der Westseite des Hauses bugsieren.

David sah ein französisches und ein Einzelbett; ein wenig entfernt davon das Monstrum, immer noch in dem schwarzen Kleid, nur daß sie jetzt einen weißen Pullover darübergezogen hatte. Sein flüchtiger Blick umfaßte noch mehr Ölbilder und Zeichnungen an den Wänden, einen Tisch vor dem Fenster an der Westseite mit Krügen voll von Kreide- und Zeichenstiften.

»O Henry. Du böser Alter.«

Die Maus richtete ihre Worte über den gesenkten Kopf des Alten hinweg an David.

»Jetzt werden wir alleine mit ihm fertig.«

»Bestimmt?«

Breasley murmelte: »Pipi.«

Die beiden Mädchen führten ihn um die Betten herum zu einer Tür an der anderen Seite. Sie schoben ihn hinein und verschwanden zu dritt. David war stehengeblieben, unschlüssig, verwirrt, und plötzlich ging ihm auf, was für ein Bild da über dem Bett hing. Ein Braque, und zwar einer, den er irgendwann einmal reproduziert gesehen hatte. Damals war er wohl als »Aus einer Privatsammlung« aufgeführt worden; mit Breasley hatte er das Bild nie in Verbindung gebracht. Gequält dachte er zurück: Wie hatte er nur so töricht und unverantwortlich handeln können, gerade diesen Namen, diese Beziehung als Selbstverteidigung dem Alten ins Gesicht zu werfen. Das Monstrum war wieder aus dem Badezimmer gekommen und hatte die Tür hinter sich zugezogen. Die zusätzliche Ironie der Situation berührte ihn plötzlich ... Das Bild – es würde auf jeder Versteigerung eine sechsstellige Ziffer erzielt haben – und dieses Spielzeug-Geschöpf da vor ihm. Aus dem Bad drangen Geräusche von Erbrechen.

»Ist er jeden Abend in dieser Verfassung?«

»Nein. Nur manchmal.« Sie setzte ein halbes Lächeln auf. »Sie waren nicht schuld. Andere Menschen.«

»Soll ich ihn ausziehen helfen?«

Sie schüttelte den Kopf. »Machen Sie sich keine Sorgen. Ehrlich. Wir sind's gewöhnt.« Aber er verharrte zweifelnd. Sie wiederholte: »Ehrlich.«

Er wollte sagen, wie er sie für das, was sie taten, bewunderte, fand diesmal aber ausnahmsweise nicht die richtigen Worte.

»Nun ..., sagen Sie ihr bitte gute Nacht ... Ich weiß tatsächlich nicht, wie sie wirklich heißt.«

»Di. Diana. Schlafen Sie gut.«

»Und Sie auch.«

Sie preßte trocken die Lippen aufeinander und nickte einmal kurz. Er ging.

In seinem Zimmer, im Schlafanzug, lag er, auf einen Ellbogen gestützt, im Bett und starrte auf den Thriller, den er als Lektüre mitgebracht hatte. Er war überzeugt davon, er müßte mindestens eine Weile wach bleiben, falls seine Hilfe wieder gebraucht werden sollte; obwohl er müde war, kam Schlaf nicht in Frage. Er konnte nicht einmal lesen, das Adrenalin mußte sich erst wieder beruhigen. Es war ein außergewöhnlicher Abend gewesen, und zum erstenmal war er froh, daß Beth nicht dabeigewesen war. Sie hätte es als eine Zumutung empfunden und wäre wahrscheinlich in die Luft gegangen trotz der plumpen Provokationen, die ja nur die Schwächen des alten Mannes offenbart hatten. Genau besehen hatte man es bloß mit einem streitsüchtigen Kind zu tun. Und die Maus, Diana – wie überaus geschickt sie mit ihm umgegangen war;

ein tolles Mädchen, ein tolles Paar, in der anderen mußte auch noch mehr und noch Besseres stecken, als es den Anschein hatte, eine Loyalität und eine Art Tapferkeit. Jetzt glaubte er der Maus wirklich alles, beugte sich vor ihrem Urteilsvermögen, hatte ihre Gelassenheit gebraucht, war begierig, zu erfahren, ob er ihr gerecht geworden sei. Ihm fielen ein paar scherzhaft-skeptische Bemerkungen ein, die Beth und er vor seiner Abreise gewechselt hatten: über den Alten und ob er sich seines Rufes würdig erweisen würde und wie Beth damit gerechnet hatte, mindestens zweimal abgefingert zu werden, denn sonst würde sie ihr Eintrittsgeld zurückhaben wollen ..., dafür war bestimmt gesorgt worden. Und von dieser Reise konnte er dann was erzählen, ganz privat. Er gab sich Mühe, in dem Thriller weiterzulesen.

Seit er die beiden ihrem Herrn und Meister überlassen hatte, waren etwa zwanzig Minuten verstrichen. Im Hause war es mäuschenstill geworden, darum hörte er jetzt, wie jemand aus Breasleys Schlafzimmer kam; leise Schritte tappten den Korridor entlang, die Bohlen vor seiner Zimmertür knarrten. Ein kurzes Zögern, dann ein schüchternes Anklopfen.

»Herein.«

Die Maus steckte den Kopf ins Zimmer. »Ich habe gesehen, daß Sie noch Licht hatten. Keine Sorge. Er schläft.«

»Ich hatte keine Ahnung, wie betrunken er war.«

»Wir müssen's ihm manchmal erlauben. Sie haben sich sehr gut gehalten.«

»Trotzdem bin ich verdammt froh, daß Sie mich gewarnt hatten.«

»Morgen früh wird er ganz zerknirscht sein. Fromm wie ein Lamm.« Sie lächelte. »Frühstück so gegen neun? Aber das wissen Sie ja. Sie dürfen so lange schlafen, wie Sie wollen.«

Sie wollte die Tür wieder zuziehen, aber er hielt sie zurück. »Was um Himmels willen wollte er mit dieser letzten Bemerkung sagen, was war das mit dem Ebenholzturm?«

»Oh.« Sie lächelte. »Nichts weiter. Nur eine von seinen Macken.« Sie legte den Kopf ein wenig auf die Seite. »Er meint damit, was heute an die Stelle des einstigen elfenbeinernen Turms getreten ist.«

»Abstrakte Kunst?«

Sie schüttelte den Kopf. »Alles, was ihm an der modernen Kunst nicht behagt. Von dem er glaubt, es sei nur deshalb unklar, weil der betreffende Künstler Angst davor hat, eindeutig zu sein . . . Sie wissen schon. Ein Ort, wo man alles ablädt, wofür man aus Altersgründen keine Antenne mehr hat. Sie dürfen das auf keinen Fall persönlich nehmen. Er kann seine Ansichten nur verständlich machen, indem er die Menschen beleidigt.« Sie lächelte wieder, ihr Körper war noch immer hinter dem Türspalt verborgen. »Alles klar?«

Er lächelte zurück und nickte.

Und sie war gegangen, nicht zurück zu dem Alten, sondern den Korridor entlang in ihr eigenes Zimmer. Leise schnappte eine Tür ins Schloß. David hätte sich gerne noch etwas mit ihr unterhalten. Die alten Zeiten an der Kunsthochschule – Studentinnen, die einem aufgefallen waren, denen man ein wenig gefiel –, in mancher Beziehung erinnerte ihn die Atmosphäre von Coët ein wenig an die Tage, da es in seinem Leben noch keine Beth gegeben hatte; nicht etwa, daß er es sich zur Regel gemacht hätte, sich mit seinen Studentinnen einzulassen. Er war schon immer der geborene Ehemann gewesen – lange bevor er heiratete.

Er las noch ein paar Seiten, knipste das Licht aus und schlief wie gewöhnlich unmittelbar danach ein.

Wieder einmal hatte die Maus richtig getippt. Sowie David Punkt neun Uhr unten im Zimmer erschienen war, gab es nichts als offenkundige Zerknirschung. Als David einen Moment am Fuße der Treppe, ungewiß, wo das Frühstück serviert wurde, zögerte, kam Breasley selbst aus dem Garten auf ihn zu. Für jemanden, der nicht vertraut ist mit der Erholungsfähigkeit lebenslänglicher Säufer, schien er überraschend munter und adrett in hellfarbener Hose und dunkelblauem Sporthemd.

»Mein *lieber* Freund. Tut mir *unsagbar* leid wegen gestern abend. Mädels meinen, ich sei *entsetzlich* grob gewesen.«

»Aber keinesfalls. Ehrlich.«

»Doch, doch. Total blau. Sehr schlechter Benimm.«

David grinste. »Ist schon vergessen.«

»Fluch meines Lebens, müssen Sie wissen. Niemals gelernt, rechtzeitig aufzuhören.«

»Bitte machen Sie sich keine Gedanken.«

Er nahm die unversehens ausgestreckte Hand.

»Sehr anständig von Ihnen, lieber junger Freund.« Die Hand wurde festgehalten, die Augen fragten. »Ich darf Sie doch David nennen? Nachnamen heutzutage überhaupt nicht mehr ›in‹, was?«

Er gebrauchte das Wort ›in‹, als sei es etwas besonders Gewagtes und Neues.

»Ich bitte darum.«

»Ausgezeichnet. Gut. Also ab sofort bin ich Henry. Einverstanden? Und jetzt kommen Sie und frühstücken Sie. Morgens essen wir aus der Faust in der Küche.«

Auf dem Weg durchs Zimmer sagte Breasley: »Mädels haben ein kleines *déjeuner sur l'herbe* vorgeschlagen. Gute Idee, was? Picknick.« Draußen schien die Sonne, über den Baumkronen hing leichter Dunst. »Bin ziemlich stolz auf meinen Forst. Eine Besichtigung lohnt sich.«

»Sehr gerne.«

Die beiden Mädchen waren anscheinend längst aufgestanden und weggefahren – nach Plélan, ins nächste Dorf, um Essen für das Picknick zu besorgen ... und außerdem noch, vermutete David, um dem Alten Zeit zu lassen, seine Bußfertigkeit zu beweisen. Nach dem Frühstück wurde er auf einen Rundgang um das ganze Anwesen geführt. Breasley zeigte stolz auf seinen Garten, war ein wenig eingebildet auf seine bestimmt erst seit kurzem erworbenen Kenntnisse von Pflanzennamen und Gartenbau. Sie trafen Jean-Pierre, der das Gemüsebeet hinter dem Ostflügel des Hauses mit der Spitzhacke bearbeitete; und als David zuhörte, wie der Alte und der Ehemann der Haushälterin sich ernsthaft über einen kränkelnden jungen Tulpenbaum unterhielten und was man dagegen tun könnte, hatte er wieder das angenehme Gefühl, hier eine dominierendere Tonart in Breasleys Leben zu hören als in dem »rezessiven« Zornesausbruch vom vergangenen Abend. Ganz offenbar hatte er gelernt, seinen Lebensrhythmus dem von Coët und seinen Jahreszeiten anzupassen. Und ein wenig später, als sie im Obstgarten jenseits der Gemüsebeete waren, pflückte er eine gerade reif gewordene Frucht von einem alten Wasserbirnbaum. David sollte sie probieren, sie müsse frisch vom Baum gegessen werden; der Alte war gesprächig geworden und deutete an, er sei ein Narr gewesen, den Großteil seines Lebens in einer Stadt zugebracht, sich so wenig Zeit gelassen zu haben, diese Art von Leben zu genießen. An der Birne kauend fragte David ihn, warum es denn so lange Zeit gebraucht hätte, um das herauszufinden. Breasley schnaubte ein wenig voller Selbstverachtung und bohrte die Spitze seines Spazierstocks in eine heruntergefallene Birne.

»Das Luder Paris, junger Freund. Sie kennen doch den Vers, Earl of Rochester, nicht wahr? ›Wo ein Mann sich fast zu Tode schindet, sein Samen aber stets bereiten Boden findet.‹ Kurz und bündig. Sagt alles.«

David lächelte. Sie gingen langsam weiter.

»Hätte heiraten sollen. Verdammt weniger aufwendig.«

»Dann hätten Sie aber allerlei verpaßt, oder?«

Wieder schnaubte er voller Selbstvorwurf. »Ob eine oder fünfzig, sind doch alle gleich.«

Was daran paradox war, schien er nicht bemerkt zu haben: Daß es ihm nämlich bis jetzt noch nicht gelungen war, an einer genug zu haben, und wie auf ein Stichwort näherte sich ein kleiner weißlackierter Renault und fuhr, von der Außenwelt kommend, den Privatweg entlang. Die Maus saß am Steuer. Sie winkte ihnen durchs Wagenfenster zu, hielt aber nicht. David und Breasley kehrten ins Haus zurück. Der Alte wies mit dem Stock auf den vorbeifahrenden Wagen.

»Beneide euch Kerls. Als ich jung war, waren sie ganz anders.«

»Ich glaubte immer, die jungen Mädchen der zwanziger Jahre seien sehr verführerisch gewesen.«

Der Stock wurde mit jovial-entsetztem Widerspruch hochgehoben.

»Mein lieber Mann, was für ein kompletter Blödsinn! Können es sich nicht vorstellen. Sein halbes Leben lang bemühte man sich, damit sie die Beine breitmachten, die andere Hälfte bereute man seine Bemühungen. Entweder das, oder man holte sich von irgendeiner Schnepfe den Tripper. Hundeleben. Weiß nicht, wie wir es damals ausgehalten haben.«

Aber David war nicht überzeugt. Und wußte, daß er es auch nicht sein sollte. In Wahrheit hatte der Alte gar nichts bereut oder nur das Unmögliche, eine andere Art von Leben. Irgendwie war etwas von dem ehemaligen Hahn im Korbe an ihm hängengeblieben, umgab ihn jetzt noch körperlich. Er konnte niemals besonders gut ausgesehen, aber er mußte Aggressivität, Draufgängertum, ein alles Monogame ständig herausforderndes Etwas besessen haben. Man konnte ihn sich hundertmal abgewiesen vorstellen und wie ihm das überhaupt nichts ausmachte, wie unglaublich egoistisch er im Bett und außerhalb gewesen sein mußte; unmöglich, also glaubte man ihm. Und jetzt waren selbst diejenigen, die nicht glauben wollten, eines Besseren belehrt worden. Er hatte es erreicht: Prominenz, Wohlstand, Mädchen und die Freiheit, weiter so zu sein, wie er immer gewesen war, ein Heiligenschein um seine Selbstsucht, eine Welt, die sich jeder seiner Launen fügte, andere Welten ausgeschlossen und zurückgedrängt, weit entfernt und jenseits des aus Bäumen bestehenden Meeres. Für einen Menschen wie David, der immer darauf bedacht gewesen war, sein eigenes Leben (wie sein Malen) im Sinne eines logischen Ablaufes, seine zukünftigen Entwicklungen als Folge wohlüberlegter augenblicklicher Beschlüsse zu sehen, war das nicht sehr fair. Natürlich war ihm dabei bewußt, daß der Weg zum Gipfel niemals planmäßig verlief, daß Zufälle, Glück und was es sonst noch gab ihre Rolle dabei spielten, genauso wie Action-painting, Schleuder- und Träufeltechniken einen mindestens theoretisch wesentlichen Sektor innerhalb des modernen Kunstspektrums bildeten. Jedenfalls schwebte ihm irgend so ein Gleichnis aus der Welt der Bergsteiger vor. Da hatte man sich nun mit der besten aller Ausrüstungen versorgt, und siehe da: Man sah nach oben. Dort, auf dem Gipfel, stand bereits ein grinsender Satyr in Filzpantoffeln und verdarb vergnügt allen gesunden Menschenverstand, alle sorgfältigen Berechnungen.

Gegen elf Uhr waren sie aufgebrochen. Voran, einen Waldpfad entlang, die beiden Mädchen mit den Picknickkörben, David mit dem Alten hinterher. Er trug einen zusammengeklappten Liegestuhl, blaues Zeltleinen über einem Leichtmetallrahmen – tragbare Chaiselongue für Senile hatte Breasley ihn genannt, aber die Maus hatte darauf bestanden, daß er mitgenommen wurde. Breasley selbst trug sein zusammengefaltetes Jackett über dem Arm, auf dem Kopf einen verwegenen, breitkrempigen Panama; ganz der stolze Gutsherr, wies er im Vorübergehen mit seinem Spazierstock auf Schatten, Lichter, besondere Perspektiven »seines« Forstes. Der Besuch durfte jetzt wieder seinem ursprünglichen Zweck dienen. Die Stille, das seltsame Fehlen von Vogelstimmen – wie konnte man das alles, wie konnte man überhaupt Stille malen? Und nun die Bühne, hatte David nicht bemerkt, wie das alles wie ein leeres Proszenium war?

Aber David hatte eher bemerkt, wie gut das alles in seiner Einführung zu verwerten war. *Für den, dem einmal das große Glück beschieden war, mit dem Meister,* nein, *mit Henry Breasley durch seinen geliebten Forst von Paimpont wandern zu dürfen, wird jene auch heute noch lebendige Beschwörung* ... Der Dunst hatte sich geklärt, es war überraschend warm, eher August als September, ein einmaliger Tag; es ließ sich wirklich nicht in Worten ausdrücken. Aber er sonnte sich immer noch in dem betont gezeigten Wohlwollen des Alten und hatte erkannt, daß seine Feuertaufe ein Glück im Unglück gewesen war. Die Bedeutung der mittelalterlichen bretonischen Legenden in der Coëtminais-Serie, in der Stimmung stets greifbar, weniger deutlich in der tatsächlichen Symbolik, war unbestritten; was David aber bisher nicht erreicht hatte, war ein offizielles Eingeständnis von Breasley über das wahre Ausmaß dieses Einflusses. Vor seiner Abreise hatte er sich flüchtig über das Thema informiert, aber nun spielte er ein wenig den Unwissenden, und es kam heraus, daß Breasley beschlagener und belesener war, als sein gewollt knapper Ton anfangs vermuten ließ. In seiner beiläufigen Art sprach er von der plötzlich im zwölften und dreizehnten Jahrhundert aufkommenden Popularität romantischer Legenden, der Vorliebe für das rätselvolle Inselreich Britannien (›ein Wildnord, was, Ritter als Cowboys‹), die sich dann mittels seines französischen Namensvetters über ganz Europa verbreitet hatte; es ging jetzt um Liebe, Abenteuer und Magie und um die Bedeutung des seinerzeit undurchdringlichen Forstes – der, den sie gerade durchschritten und der jetzt Paimpont hieß, aber früher einmal die Brocéliande des *lais* von Chrestien de Troyes gewesen war, sei ein Beispiel – als dem Nährboden für alle diese Vorgänge; Ausbruch und Absage an die abgeschlossenen formellen Gärten anderer mittelalterlicher

Kunst, die überwältigende Sehnsucht, verkörpert durch die fahrenden Ritter und rettungsbedürftigen Edelfräulein und Drachen und Zauberer, Tristan und Merlin und Lancelot . . .

»Alles verdammter Unsinn«, sagte Breasley. »Nur ganz gelegentlich einmal, David. Was man eben gebrauchen kann. Suggestiv. Anregend, das ist es.« Und dann fing er an, von Marie de France zu erzählen und von *Eliduc.* »Verdammt gute Erzählung. Hab sie mehrmals gelesen. Wie heißt noch der Schweizer, der alte Schwindler? Jung, was? Er hat es beschrieben. Archetypisch und so fort.«

Die beiden Mädchen vor ihnen waren in einen engeren, schattigeren Pfad eingebogen. Breasley und David folgten ein paar Schritte hinter ihnen. Der Alte wedelte mit dem Stock.

»Diese beiden Mädels. Die beiden Frauen in *Eliduc.*«

Und dann fing er an, die Legende zu erzählen. Allerdings erinnerte – ob bewußt oder unbewußt, stand dahin – der Telegrammstil seiner Erzählung eher an ein Lustspiel von Noel Coward als an ein höfisches Epos von ehelicher Treue, Ehebruch und Abenteuer, und gelegentlich mußte sich David auf die Lippen beißen. Auch waren dabei die Gestalten der beiden Mädchen, das Monstrum in roter Hemdbluse, schwarzen Latzhosen und Gummistiefeln, die Maus im dunkelgrünen Jerseypullover (alle Büstenhalter, hatte David bemerkt, waren doch noch nicht in Flammen aufgegangen) und hellfarbiger Hose, nicht förderlich. Immer deutlicher war geworden, was die Maus meinte, als sie am Vorabend gesagt hatte, daß der Alte so gut wie nichts in Worte fassen konnte. Was er nicht verächtlich machen konnte, entstellte er. Immerfort mußte man sich vor Augen halten, wie gut er sich in Farben ausdrücken konnte; die Kluft war immens. Aus seiner Kunst sprach ein höchst sensibler, komplizierter Mann, und nach außen hin wurde das fast völlig verleugnet. Obwohl ihn der Vergleich in Rage versetzt hätte, war er eigentlich einem ewiggestrigen Mitglied der Royal Academy gar nicht so unähnlich – weit mehr darauf bedacht, als Stütze einer längst toten Gesellschaft zu erscheinen denn als der ernstzunehmende Künstler, der er war. Bestimmt war das einer von vielen guten Gründen für sein Dauerexil: Der Alte muß gespürt haben, daß ein Typus wie er im England der siebziger Jahre nicht mehr gefragt ist. Nur hier konnte er seine Persönlichkeit bewahren. Natürlich waren das Aspekte, die er in seiner Einführung nicht erwähnen konnte. Trotzdem fand David sie faszinierend. Wie der Forst besaß auch der Alte sein antikes Mysterium.

Inzwischen hatten sie die beiden Mädchen, die stehengebliebenen waren, eingeholt. Es ging darum, an welcher Stelle man den Pfad verließ und sich einen Weg durch das Unterholz bis zu dem Teich im Wald bahnen mußte, an dessen Ufer das Picknick stattfinden sollte. Auf dem Stamm einer Eiche war ein Wegzeichen aus roter Farbe, und die Maus meinte, sie hätten es womöglich verfehlt. Aber der Alte befahl ihnen weiterzugehen, und er hatte recht. Etwa hundert Meter weiter kamen sie an die Eiche und bahnten sich einen Weg zwischen den Bäumen hindurch. Das Unterholz war dichter geworden, sie sahen das Wasser durchschimmern, und ein paar Minuten später kamen sie zu dem grasumstandenen Ufer des *étang*. Es war eher ein kleiner See als ein Teich und an der Stelle, an der sie auf ihn gestoßen waren, gut einen halben Kilometer breit, weggekrümmt zu beiden Seiten. In seiner Mitte schliefen ein Dutzend Wildenten. Die Ufer waren überall waldbestanden, keine menschliche Siedlung in der Nähe, das Wasser ein zartes Blau im Septembersonnenlicht, die Oberfläche wie ein Spiegel. Die Stelle hatte in zwei der Bilder aus der jüngsten Schaffensperiode den Hintergrund abgegeben, und David empfand ein Gefühl der Vertrautheit, des *déjà vu*. Der Fleck war bezaubernd, von einzigartiger Unverdorbenheit. Sie breiteten die mitgebrachten Sachen in dem zarten Schatten einer alleinstehenden Fichte aus. Breasleys Liege wurde aufgeklappt. Jetzt kam sie ihm doch gelegen, denn er setzte sich sofort hin und nahm die Beine hoch; dann ließ er sich die Lehne ein wenig höher stellen.

»Los, ihr zwei. Die Schlüpfer runter und ins Wasser mit euch.«

Das Monstrum warf einen Seitenblick auf David und sah dann weg.

»Wir genieren uns.«

»Sie schwimmen doch auch, David? Leisten ihnen Gesellschaft?«

Davids Blick suchte bei der Maus Rat, aber sie hatte sich

gerade über einen der Picknickkörbe gebeugt. Diesmal fühlte er sich wirklich überrumpelt. Von schwimmen war vorher keine Rede gewesen.

»Hm . . ., vielleicht später.«

»Siehst du«, sagte das Monstrum.

»Du blutest doch nicht etwa, was?«

»Henry, ich bitte dich.«

»Verheirateter Mann, mein Schätzchen. Hat bestimmt schon mal 'ne Muschi gesehen.«

Die Maus hatte sich aufgerichtet und warf David einen raschen Blick zu, halb Entschuldigung, halb Grimasse.

»Badekleidung gilt als unsittlich. In Badeanzügen sind wir nämlich noch unmöglicher als sonst.«

Aber sie milderte den Spott, indem sie auf den Alten herablächelte.

David murmelte: »Selbstverständlich.«

Sie sah das Monstrum an. »Gehen wir bis zum Ende der Landzunge, Anne. Dort haben wir besseren Grund.« Sie nahm ein Handtuch auf und ging auf das Wasser zu, aber das Monstrum schien jetzt die Schüchterne. Vorwurfsvoll sah sie die beiden Männer an.

»Und das macht es all den anderen schmutzigen alten Spannern leichter.«

Der Alte lachte vergnügt, und sie streckte ihm die Zunge heraus. Aber dann nahm sie auch ein Handtuch aus einem der Körbe und folgte ihrer Freundin.

»Setzen Sie sich bitte, lieber Freund. Wollte Sie nur verarschen. Die und sich genieren!«

David setzte sich ins nadelige Gras. Er vermutete, daß ihm diese Überraschung womöglich als kleine Demonstration dessen, was sie mitzumachen hatten, zuteil geworden war, obwohl der vergangene Abend eigentlich genug Zeugnis dafür abgelegt hatte. Er kam sich gefoppt und ein wenig wie das Opfer einer Verschwörung vor: Jetzt sind wir an der Reihe, dich zu schokkieren. Die Landzunge war ein schmaler, grasbestandener kleiner Vorsprung, der etwa fünfzig Meter in den See hineinragte. Als die Mädchen kamen, erhoben sich die Wildenten schnatternd von der Mitte des Wassers und flogen in einem langgestreckten Bogen über die Baumkronen und außer Sicht. Die

Mädchen gingen bis fast ans äußerste Ende, und die Maus streifte den Pullover ab. Sie zog ihn über den Kopf und drehte ihn dann wieder auf die rechte Seite. Sie ließ ihn fallen und hakte sich den Büstenhalter auf. Das Monstrum warf einen schnellen Blick über das glasklare Wasser hin zu der Stelle, wo David und der Alte saßen, und streifte einen Träger ihrer Latzhosen ab. Die Maus zog Jeans und Slip gleichzeitig herunter, trennte sie dann voneinander und ließ sie neben ihre übrigen Sachen fallen. Dann ging sie zum Wasser und watete sofort hinein. Das andere Mädchen streifte die Latzhosen ab und zog sich die Hemdbluse aus. Außer dieser trug sie nichts. Als auch sie zum Wasser ging, wandte sie sich mit einer seitlichen Bewegung den Männern zu und machte dabei einen kleinen lächerlichen Hüftschwenk wie eine routinierte Stripperin mit ausgestreckten Armen. Der Alte lachte wieder ganz leise und klopfte David mit der Seite seines Stockes auf den Arm. Er saß da auf seinem Thron wie ein Sultan, der seinen beiden jungen Sklavinnen zusieht, zwei nackten Gestalten, zwei warmen Rücken gegen azurblaues Wasser, wie sie hinausgingen zur Mitte des Sees. Offenbar war der Grund seicht und wurde erst langsam tiefer. Aber dann hechtete die Maus vorwärts und schwamm hinaus: ein Crawl, sauber, sportlich. Das Monstrum war zaghafter, watete tiefer hinein und hielt dann ihren sorgfältig gekräuselten Schopf oberhalb des Wassers. Als sie sich schließlich vorsichtig nach vorne fallen ließ, schwamm sie mit einem schüchternen Bruststil.

»Schade, daß Sie verheiratet sind«, kommentierte Breasley die Szene. »Die brauchen nämlich einen guten Fick.«

Während des Mittagessens hatte sich Davids anfängliche Scheu allmählich gegeben. Seine Verlegenheit war eigentlich recht albern gewesen. Zum Beispiel, wenn Beth zugegen gewesen wäre . . . Sie waren oft während der Sommerferien nackt baden gegangen, hatten absichtlich nach einsamen Stränden Ausschau gehalten; sie hätte sofort mitgemacht.

Daß er sich wieder gefangen hatte, dafür war zum Teil der Alte verantwortlich gewesen, der wieder, als die Mädchen im Wasser waren, zu sprechen begonnen hatte, oder besser: der endlich und als endgültiger Beweis seiner Zerknirschung David gebeten hatte, ihm doch etwas über sich selbst zu erzählen. Wie oder was er malte, wurde nicht berührt, aber Breasley war offenbar interessiert zu erkunden, wie David überhaupt ›in den Kunstbetrieb‹ geraten sei, wie er lebte, was seine Vergangenheit war, wollte von Beth und den Kindern etwas erfahren. Er rang sich sogar eine Art Einladung ab: Bringen Sie Ihre Frau und die Kinder mit, würde sie gerne kennenlernen, mag kleine Mädchen . . ., und David war eitel genug, sich geschmeichelt zu fühlen. Was am Vorabend nach dem Essen passiert war, mußte, in dem mittelalterlichen Kontext ihrer Unterhaltung während des Spazierganges, eine Art Feuerprobe gewesen sein. Offenbar hatte er sie bestanden, und das hatte ihn neugierig gemacht, wieviel, außer den taktischen Ratschlägen, er der Maus zu verdanken hatte. Sie mußte wohl dem Alten, als er wieder zu sich gekommen war, ein paar ungeschminkte Wahrheiten an den Kopf geworfen und ihn vielleicht auch daran erinnert haben, daß sein Ruf zumindest vorübergehend ein wenig in Davids Händen liege.

Inzwischen waren die Mädchen wieder aus dem Wasser gekommen, hatten sich abgetrocknet und lagen nebeneinander in der Sonne auf der Landzunge. Die Feuerprobe war in der Tat eine Art Klippe gewesen; und jetzt, nach dem Anprall, war er hindurch und in der stillen inneren Lagune. Wieder Anklänge, diesmal an Gauguin; sonnenbraune Brüste und der Garten Eden. Seltsam, wie Coët und das Leben sich ganz natürlich zu solchen Momenten zusammenfügten, zu etwas ein wenig Mythischem, Zeitlosem. Das Unzeitgenössische. Und es sollte noch so ein Augenblick kommen. Die Mädchen waren aufgestanden und hatten ihre Sachen aufgehoben. Sie hatten sich anscheinend über das Schickliche oder darüber, was es sie angesichts der bösen Zunge des Alten kosten würde, geeinigt, denn sie kamen jetzt so, wie sie waren, und mit den Kleidern überm Arm zurück. Ohne äußerliche Befangenheit, sondern eher mit der ein wenig gekünstelten, nicht ganz glaubwürdigen Indifferenz von Menschen an einem Nudistenstrand.

»Hallo, wir sind hungrig«, sagte das Monstrum.

Ihr Schamhaar war genauso rotgefärbt wie ihr Wuschelkopf. Und ausgezogen wirkte sie noch waisenkindhafter. Die Mädchen packten den Proviant aus und knieten dabei in der Sonne;

David half Breasley, den Liegestuhl in die Nähe des Schattens zu rücken. Gauguin war verschwunden, Manet an seine Stelle getreten.

Im Verlauf des Picknicks hatten sich die beiden nackten Körper der Mädchen ganz selbstverständlich in die Landschaft gefügt. Auch hatte man das Gefühl, als besänftigten sie etwas in dem Alten. Es gab keine Obszönitäten mehr, sondern nur eine Art stiller, heidnischer Zufriedenheit. Das knusprige Weißbrot und die kleinen Kartons mit den Leckerbissen, die die beiden Mädchen in Plélan besorgt hatten ... Kein Wein, der Alte trank nur Vichy, die Mädchen Milch; für David gab es eine Flasche Bier. Das Monstrum saß im Schneidersitz. Etwas an ihr, wahrscheinlich nur das Exotenhaar und die braungebrannte Haut, war irgendwie negroid, primitiv, androgyn. Psychologisch stieß sie David immer noch ein wenig ab, warum, konnte er nicht sagen ..., aber was jetzt bei der Maus ganz deutlich als eine Art gescheiter Barmherzigkeit zutage gekommen war, war bei der anderen ein Schatten von Schwäche, ja, fast Perversität. Sie machte zwar keine frechen Bemerkungen, gab einem aber trotzdem das Gefühl, daß sie die sexuellen Implikationen der ganzen Szene gleichzeitig erregten und belustigten. Für die anderen mochte es vielleicht »zivilisiert« sein; bei ihr, und bei ihrem nicht ganz unschuldigen Gebaren, ging es um etwas anderes – nicht etwa um moralische Hemmungen, sondern um die Andeutung, daß sie wußte, David bekam etwas gratis; das paßte zu seinem Gefühl, daß er sich erst noch bei ihr beweisen müsse. Seine Anwesenheit, das war klar, war ihr immer noch nicht recht. Was er über sie mitkriegen mußte, außer, daß sie es verstand, die Dinge ein wenig zu ironisieren, und daß sie, wie viele junge Menschen ihrer Generation, narzißtisch war und eine Lebensart bevorzugte, die ganz offenbar nur eine Lebensunfähigkeit kaschierte, konnte er sich nicht vorstellen. Sie schien ihm doch nur ein Parasit an der inneren Ausgeglichenheit und Ehrlichkeit des anderen Mädchens, und ihre einzige sichtbare Tugend bestand darin, daß sie geduldet wurde.

Und vielleicht stieß sie ihn auch ab durch den körperlichen Gegensatz. Die Maus war grazil gebaut, hatte aber eine viel weiblichere Figur, langbeinig, mit attraktiven, festen Brüsten.

Sie saß, auf einen Arm gestützt, David gegenüber, die Beine nach hinten abgewinkelt. Wenn sie sich wandte, um etwas weiterzureichen, folgte David ihrem Körper mit den Augen, wenn er sicher war, daß niemand seinen Blick abfangen konnte. Sie sprachen über ganz banale Themen, und wiederum geisterte der Gedanke an einen Akt der Untreue durch Davids Hirn. Nicht etwa als eine konkrete Vorstellung, aber wenn er zum Beispiel nicht verheiratet gewesen wäre, wenn Beth . . ., will sagen, wenn Beth nicht doch manchmal ganz bestimmte Fehler hatte, ihn nicht zuweilen so völlig mißverstand, nicht manchmal so betont welterfahren praktisch gewesen wäre – alles Eigenschaften, die diese attraktiv selbstsichere und aufrichtige junge Herrin einer Situation (denn er sah in ihr etwas, wonach er in seinen eigenen Bildern strebte, eine Distanziertheit, verbunden mit einer sachlich-nüchternen Einstellung) viel zu gescheit war zu zeigen oder jedenfalls auszunutzen. Natürlich war es nicht, daß er Beth nicht mehr begehrenswert fand, der Gedanke daran, ein paar Tage ohne die Kinder im Anschluß an Coët Urlaub zu machen (und das unausgesprochene, aber präsente Einverständnis von Beth, ein drittes Kind zu haben, den Sohn, den sie sich beide wünschten) . . . Nun, es war verlockend. Man könnte schon, wenn man nicht eben der war, der man war; und wenn es einem angeboten würde – aber das war ja sowieso unmöglich und von sehr geringer Wahrscheinlichkeit.

Die Glanzflecken auf der Haut der Maus schienen bronzen, wo die Sonne sie traf, matter, aber weicher im Schatten. Die Brustwarzen, die Linie der Achselhöhlen. Auf einer ihrer Zehen war eine verheilte Narbe. Wie ihr kornfarbenes Haar trocknete, ein wenig zerzaust, nachlässig; und dabei eine Feingliedrigkeit, eine Quattrocento-Grazie; die Kleider und die bodenlangen Röcke, die sie getragen hatte, machten einen falschen Eindruck, hatten im Gegensatz gestanden zu dem Animalischen, dem Nest von Haaren zwischen ihren Beinen. Sie saß seitwärts, den Blick auf den See gerichtet, und schälte einen Apfel; sie reichte dem Alten ein Viertel, dann bot sie David ein weiteres an. Es war antiseptisch und verwirrend.

Henry mußte seine Siesta haben. Das Monstrum stand auf und stellte die Rückenlehne der Liege flach. Dann kniete sie sich neben den Alten und flüsterte ihm etwas ins Ohr. Er streckte die Hand nach ihrer Taille aus und ließ sie langsam bis zu ihrer Achselhöhle hinaufgleiten; dann zog er sie am Arm vorwärts, und sie beugte sich über ihn und küßte ihn flüchtig auf den Mund. Er tätschelte ihr nacktes Gesäß. Dann faltete er die Hände über dem Bauch, und sie legte ein purpurnes Taschentuch über seine Augen. Der schmallippige Mund, die gerötete Knollennase. Das Mädchen stand einen Augenblick neben der Liege und blickte auf ihn herab; dann sah sie die beiden anderen an und verzog das Gesicht zu einer Grimasse.

Die Maus lächelte David zu und flüsterte: »Halbzeit. Begeben wir uns lieber außer Hörweite.«

Sie standen auf. Die beiden jungen Frauen nahmen ihre Frottiertücher mit, das Monstrum kramte in einem der Picknickkörbe, bis sie ihr Buch fand. Dann gingen sie alle drei ein paar Schritte in Richtung der Landzunge, wo sie nicht mehr gehört werden konnten. Die Tücher wurden ausgebreitet, die beiden Frauen streckten sich bäuchlings, die Füße dem See zu, auf ihnen aus, jede hatte das Kinn in die Hände vergraben. David setzte sich und streckte sich dann, auf einen Ellbogen gestützt, ein paar Meter entfernt landeinwärts aus. Dabei fiel ihm auf einmal etwas ganz Kurioses ein; ein Bild, auf dem zwei kleine Buben einem elisabethanischen Matrosen lauschten. Er konnte den Titel des Buches, das das Monstrum las, entziffern: *Der Magus*. Es ging wohl um Astrologie, derlei Unsinn war sicher ihr Fall. Aber nun grinste sie ihn plötzlich an.

»Bereuen Sie's, gekommen zu sein?«

»Aber nein, keineswegs.«

»Di hat mir alles erzählt. Gestern abend. Es tut mir leid. Ich wußte, was kommen würde, und konnte es einfach nicht durchstehen.«

Er lächelte.

»Wenn ich es geahnt hätte, hätte ich auch um Erlaubnis gebeten, vom Tisch aufstehen zu dürfen.«

Das Monstrum berührte die Lippen mit zwei Fingern und übertrug den Kuß auf die Schulter der Maus.

»Arme alte Di. Immer muß sie es ausbaden.«

Die arme alte Di lächelte und senkte den Blick wieder.

David sagte: »Wie lange glauben Sie denn beide, das noch mitmachen zu können?«

Das Monstrum machte eine trockene kleine Geste in Richtung der Maus: Sie sollte es beantworten. Sie schüttelte den Kopf.

»Ich denke nicht an die Zukunft.«

»Aber als Kunstpädagogin a. D. . . .«

»Ich weiß.«

Wieder verzog das Monstrum das Gesicht.

»Vernünftige Argumente helfen da nicht.«

Die Maus sagte: »Darum geht es nicht.«

»Ist es schwer, sich loszureißen?«

»Zufall. Wahrscheinlich. Sie wissen schon. Der Zufall war es, der einen zuerst hierher verschlug. Und Zufall sollte es sein, der einen von hier wieder wegholt.«

»Und wie hat er Sie hierher verschlagen?«

Sie warf dem Monstrum einen Blick zu: irgendeine geheime Ironie.

»Los. Erzähl ihm.«

Er murmelte: »Ich bin ganz Ohr.«

Sie nahm eine Hand vom Kinn und zupfte an dem Gras; die beschatteten Brüste; hob die Schultern.

»Im vergangenen Sommer war es, im August. Ich war mit einem Freund hier. Einem Kunststudenten, Bildhauer. Der war versessen auf alles Neolithische. Und wir trampten bis nach Carnac.« Sie sah zu David auf. »Hünengräber, Baudenkmäler aus der Jungsteinzeit, Spurensicherung des Megalithikums. Rein zufällig hat uns in Rennes jemand auf der N 24 mitgenommen, ein Lehrer aus Ploermel. Ganz nah von hier. Wir erzählten ihm, daß wir englische Kunststudenten wären, und er erzählte uns von Henry. Natürlich war der Name für uns ein Begriff; ich wußte sogar, daß er ein Haus irgendwo in der Bretagne hatte.« Sie streckte einen Unterschenkel in die Luft. Das gekurvte Rückgrat, das zierliche braune Gesäß. Sie schüttelte den Kopf. »Es war tatsächlich einer dieser sagenhaften Zufälle. Wir riskieren es und klopfen an, ja? Also zelteten wir in Paimpont. Kamen so gegen elf Uhr vormittags bei Henry an. Taten so, als hätten wir das Warnschild am Tor nicht gesehen. Erwarteten eine Abfuhr und bekamen sie auch beinahe. Aber wir haben geschwärmt und übertrieben wie die Irren. Wie wir seine Arbeit bewunderten. Wie sie unsere ganze Generation geprägt hätte. Und so weiter. Auf einmal hat es gewirkt, und wir hatten mit unserer Unverfrorenheit Erfolg . . . Sie wissen ja. All das fand zwischen Tür und Angel statt. Also ließ er uns ins Haus kommen und zeigte uns einiges. Zum Beispiel die Bilder in dem langen Zimmer. Die meiste Zeit über mußten wir uns das Lachen verbeißen. Seine Art zu sprechen, und er schien dabei so ein alter Hochstapler.« Sie legte die flachen Hände aufs Gras und besah sie sich. »Dann das Atelier. Ich sah, wie er arbeitete. Vielleicht haben Sie das gestern gespürt. Bums. Auf einmal ist man in einer anderen Welt.« Sie stützte ihr Kinn wieder und sah unverwandt auf die Baumgruppe hinter ihnen. »Drei Jahre lang bemüht man sich nun, Malerei richtig aufzufassen. Und weiß am Ende weniger von dem, was man tut, als zu Anfang. Und dann trifft man rein zufällig dieses lächerliche alte Bündel von Vorurteilen. Und er ist da. Alle unsere supergescheiten kleinen Triumphe haben plötzlich ihren wahren Stellenwert.« Rasch fügte sie hinzu: »Verzeihen Sie, ich will damit nicht sagen, daß Sie das empfunden haben sollten. Ich hab's aber gespürt.«

»Hm, ich weiß genau, was Sie meinen.«

Sie lächelte. »Sie sollten es aber nicht, Sie sind ja viel, viel besser.«

»Ich bezweifle das zwar, aber erzählen Sie weiter.«

»Das ist alles, wirklich. Ach ja, außer zum Schluß. Tom war gerade weggegangen, um seinen Apparat zu holen, wir hatten unsere Rucksäcke draußen stehenlassen. Henry erklärt, ich sei ein sehr anziehendes Mädchen, und er wünscht, er sei noch so jung wie dereinst. Ich hab gelacht und geantwortet: Und ich wünschte, ich wäre ein wenig älter. Und plötzlich nahm er meine Hände. Und küßte die eine. Alles ein bißchen kitschig. Es ging so schnell. Tom kam zurück und machte ein paar Aufnahmen. Und dann hat Henry ganz unvermittelt gefragt, ob wir nicht zum Mittagessen bleiben wollten. Aber wir dachten, das sei nur Formsache, eine nette Geste, eine Einladung, die man dankend ablehnen sollte. Das war dumm. Denn bei ihm gibt es keine netten Gesten. Ohne einen Zweck. Vielleicht hatte ich das damals schon gespürt, etwas war in seinem Blick. Und ich wußte auch, daß Tom nicht bereit war, zu bleiben. Jedenfalls hat das dann irgendwie alles verdorben. Sie wissen ja, wie das ist, man schlägt jemandes Einladung aus, weil man glaubt, es wäre nur so dahingesagt, und hinterher, zu spät, merkt man, daß es ernst gemeint war.« Ihr seitlicher Blick streifte die Fichte. »Ich vermute, wir hinterließen den Eindruck, als sei das für uns nur eine Art Gaudi gewesen. Und daß wir in Wirklichkeit überhaupt nicht an ihm interessiert waren. Was auch in gewissem Sinne stimmte. Es war eben ein prominenter Name. Es war so albern. Nur um damit zu prahlen.« Sie hielt einen Augenblick inne. »Es war merkwürdig. Als wir weggingen, tat es mir bereits leid. Ich wollte umkehren.«

Wieder legte sie eine Pause ein. Das Monstrum hatte die Arme auf der Erde ausgebreitet und das Gesicht aufs Gras gelegt, der Maus zugewandt.

»Zwei Semester, neun Monate später. In London gefällt's mir nicht. Die Sache mit Tom war in die Brüche gegangen. Auf dem College komm ich auch nicht vorwärts. Die hatten keine Schuld. Es liegt an mir.« Wieder rupfte sie ein paar Gräser aus. »Man begegnet jemandem Berühmten und sieht hinterher seine Arbeit in einem anderen Licht. Begreift sie. Und ich hab mich immer wieder an diesen Tag im August erinnern müssen. Und wie wenig nett wir zu einem im Grunde bedauernswerten, wortkargen alten Mann gewesen waren. Ach, ... mir ging so allerlei durch den Kopf damals. Was mit meiner eigenen Arbeit zusammenhing. Also setzte ich mich eines Tages hin und schrieb an ihn. Erzählte ihm von mir selbst und wie ich wünschte, wir hätten damals seine Einladung angenommen. Und wären nicht so einfach weggegangen. Und ob er nicht rein zufällig jemanden im Hause brauchte. Zum Farbmischen. Egal was.«

»Und er hat sich an Sie erinnert?«

»Ich hab eins der Fotos beigelegt, die Tom damals gemacht hatte. Henry und ich, nebeneinanderstehend.« Sie lächelte verstohlen. »Es war die Art von Brief, der einem wahnsinnig peinlich ist, wenn man ihn abgeschickt hat. Und ich wußte genau, daß er nicht antworten würde.«

»Aber er hat geantwortet, nicht wahr?«

»Postwendend. Per Telegramm. ›Kann immer ein hübsches Mädchen gebrauchen. Wann?‹«

Das Monstrum kommentierte: »Der liebe gute Alte. Direkter geht's nicht.«

Die Maus schnitt David eine Grimasse. »Ich kam ganz ahnungslos zu ihm. Natürlich wußte ich Bescheid über seine Vergangenheit, über seinen Ruf. Aber ich dachte, damit könnte ich ohne weiteres fertig werden. Und mich strikt an die Rolle der Enkelin halten. Oder einfach abhauen, sollte die Situation unerträglich werden.« Sie sah hinunter. »Aber Henry hat eine ganz bestimmte und ungewöhnliche Eigenschaft. Eine Art Zauber. Abgesehen von seiner Malerei. Und zwar, daß er es fertigbringt . . ., daß sich die Dinge in einem in nichts auflösen. Und einem dann ungeheuer unwichtig vorkommen. Wie zum Beispiel dies. Begreifen lernen, daß man sich für seinen Körper nicht zu schämen braucht. Und statt dessen sich nur seiner Gewohnheiten schämen sollte. Er hat das einmal sehr gut formuliert. Er sagte, Ausnahmen bestätigten die Regel nicht, sie seien nur Ausnahmen *von* der Regel.« Offenbar suchte sie nach Worten. Dann lächelte sie zu ihm auf. »Das können wir eben niemandem erklären. Um es zu verstehen, müßten Sie wir sein.«

Das Monstrum sagte: »Jedenfalls ist es eher wie Krankenpflege.«

Danach gab es eine kleine Pause. Dann sagte David: »Und wie sind Sie hergekommen, Anne?«

Darauf antwortete die Maus. »Mir war es bald zu schwierig geworden. Ich hatte niemand, mit dem ich mich aussprechen konnte. Wir beide hatten damals in Leeds zusammen gewohnt und waren miteinander in Verbindung geblieben. Ich wußte, daß Anne für ihr kunstpädagogisches Staatsexamen arbeitete und daß es sie nicht befriedigte. Sowie sie das hinter sich gebracht hatte.«

»Ich kam dann für genau eine Woche. Haha.«

David lächelte auf das ins Gras gebettete Gesicht hinunter.

»Aber es ist zumindest ein wenig interessanter als unterrichten, nicht wahr?«

»Und wird besser honoriert.«

»Er kann sich's leisten.«

Die Maus sagte: »Ich muß es ihm zurückzahlen. Wir haben keinerlei Abmachung. Er wirft uns einfach Bündel von Banknoten hin. Hundert Pfund. Zweihundert. Wenn wir mit ihm nach Rennes fahren, trauen wir uns nicht, uns irgendwelche Kleider anzusehen. Er will sie immer kaufen.«

»Er ist eigentlich ein Schatz«, sagte das Monstrum. Sie drehte sich auf den Rücken. Dunkelknospige Knabenbrüste, kleiner Busch aus rotgefärbtem Haar. Sie stützte ein Knie auf und kratzte sich unmittelbar darüber, dann ließ sie es wieder sinken.

Die Maus sagte: »Mit ihm zu arbeiten ist sehr merkwürdig. Er verliert mit einem Bild nie die Geduld. Auch nicht mit einer Skizze. Sie wissen doch, wie das ist, man haßt oft später, was man gemacht hat. Und dann wird es zerrissen. Auch Henry wirft Sachen weg. Aber es tut ihm jedesmal irgendwie leid. Er verleiht der Arbeit eine Art von Unantastbarkeit. Selbst dann, wenn sie ihm nicht gelingen will. Alles, was er bei Menschen nicht ist.« Sie hielt inne und schüttelte den Kopf. »Im Atelier ist er so gut wie stumm. Spricht kein Wort. Als ob Worte alles verderben könnten.«

Das Monstrum sprach zum Himmel. »Aber *wenn* er sie braucht.« Sie äffte die Stimme des Alten nach. »›Du blutest doch nicht etwa, was?‹ Ich bitte Sie!« Und sie langte mit der Hand in den Himmel, als wollte sie die Erinnerung wegschieben.

»Er muß eben kompensieren.«

Das Monstrum schnalzte zustimmend. »Ja, ja, ich weiß. Armer alter Hund. Muß wirklich schrecklich sein.« Sie drehte sich seitwärts, auf einen Ellbogen gestützt, und sah die Maus an. »Aber du mußt doch zugeben, Di, daß das merkwürdig ist, nicht wahr? Auf seine alten Tage ist er nämlich immer noch ein ziemlicher Hengst.« Sie sah David ins Gesicht. »Wissen Sie, als ich das erstemal ..., dann zieht man Vergleiche mit Jungs aus unserem Alter und so fort. Aber er muß wirklich sensationell gewesen sein. Als er noch jung war ... Und, mein Gott, die Geschichten, die der erzählt!« Wieder schnitt sie eins ihrer Clownsgesichter. »Aus der guten alten Zeit. Wie war das noch, was er neulich abends erzählt hat, Di?«

»Ach, sei doch nicht blöd. Das sind Wunschvorstellungen.«

»Das will ich verdammt noch mal hoffen!«

Die Maus fuhr fort: »Es ist der Kontakt. Nicht der Sex. Erinnerungen. Menschliches. Was er gestern abend erklären wollte.«

David hatte einen Unterschied zwischen den beiden entdeckt. Die eine wollte das Sexuelle herunterspielen, die andere es zugeben. Instinktiv erkannte er, daß das Monstrum seine Anwesenheit benutzen wollte, um eine Unstimmigkeit zwischen ihnen ans Licht zu bringen; und daß er in diesem Fall auf ihrer Seite war.

»Die Haushälterin und ihr Mann sind wohl sehr tolerant.«

Die Maus sah wieder ins Gras. »Bitte sagen Sie es nicht weiter, aber wissen Sie, wo Jean-Pierre die späten vierziger und fünfziger Jahre verbracht hat?« David schüttelte den Kopf. »Im Zuchthaus. Und zwar wegen Mord.«

»Du meine Güte.«

»Er hat seinen Vater erschlagen. Irgend so ein Familienzwist. Es ging um Landbesitz. Französische Bauern. Mathilde war Henrys Haushälterin, als er 1946 nach Paris zurückgekommen war. Sie hat mir das alles gebeichtet. In ihren Augen kann er einfach nichts Schlechtes tun. Er hat damals zu ihnen gehalten.«

Das Monstrum rümpfte die Nase. »Und noch was. Mit Mathilde.«

Die Maus fragte David: »Das ein wenig üppige Modell, das er für seine Nachkriegsbilder benutzt hat?«

»Mein Gott, tatsächlich. Ich hab's nicht gemerkt.«

»Selbst Mathilde spricht nicht davon. Sie behauptet nur, daß ›Monsieur Henri‹ ihr den Glauben an das Leben wiedergegeben hätte. Und die Kraft, zu warten. Sagt sie. Sie ist der einzige Mensch, mit dem Henry niemals die Geduld verliert. Neulich hat er Anne wegen irgend etwas während des Abendessens eine Szene gemacht. Ist dann ab in die Küche marschiert. Fünf Minuten später gehe ich ihm nach, und da sitzt er seelenruhig mit Mathilde am Tisch und läßt sich einen Brief von ihrer Schwester vorlesen. Genau wie ein Dorfpfarrer und sein Lieblingsschäfchen.« Mit einem kleinen Lächeln: »Man könnte direkt eifersüchtig werden.«

»Zeichnet er Sie beide?«

»Dafür ist seine Hand heute zu unsicher. Es gibt ein paar Skizzen von Anne. Darunter eine wunderbar ulkige. Sie kennen doch das berühmte Poster von der Yvette Guilbert von Lautrec? Davon eine Parodie.«

Das Monstrum fuhr sich mit den Fingern himmelwärts durch das Wollhaar. »Und das hat er so *schnell* gemacht. Keine dreißig Sekunden. Höchstens eine Minute, nicht wahr, Di? Sagenhaft. Ehrlich.«

Sie drehte sich zurück auf den Bauch, das Kinn in den Händen. Tiefrote Fingernägel.

Die Maus sah wieder zu David auf. »Hat er mit Ihnen über Ihren Artikel gesprochen?«

»Nur, um zu behaupten, die Namen nie gehört zu haben. Außer Pisanello.«

»Glauben Sie ihm kein Wort. Er hat nämlich ein unheimliches Gedächtnis für Bilder. Ich hab ein paar Skizzen von ihm aufgehoben. Da möchte er einem etwas über ein Bild erzählen, und man weiß nicht genau, um welches es geht – und manchmal zeichnet er es dann. Genau wie Anne sagt. Blitzschnell. Ein fast hundertprozentiges Erinnerungsvermögen.«

»Das gibt mir wieder ein wenig Selbstvertrauen.«

»Sonst hätte er nämlich nie eingewilligt, daß Sie das Buch machen; Sie müssen der Wahrheit ziemlich nahe gekommen sein.«

»Darüber hatte ich mir schon einige Gedanken gemacht.«

»Er ist sich immer dessen, was er tut, stärker bewußt, als er offiziell zugibt. Auch wenn er ganz besonders unmöglich ist. Ich hab ihn einmal nach Rennes mitgenommen, das war, ehe Anne kam, wir wollten den *Tod in Venedig* sehen. Ich hatte die irre Vorstellung, dem wahren Henry würde der Film gefallen. Jedenfalls vom Visuellen her. Und während der ersten zwanzig Minuten war er auch brav wie ein Lamm. Und dann erschien dieser unheimlich gut aussehende Junge. Und als er wieder auftritt, sagt Henry: ›Hübsches Mädchen – war sie schon oft im Film?‹«

David lachte; auch ihre Augen waren voller Lichter, Lachen. Plötzlich war sie wieder so jung, wie sie sein sollte, und überhaupt nicht gesetzt.

»Unmöglich, Sie können es sich nicht vorstellen. Also fängt er an zu argumentieren, ob es sich um ein Mädchen oder um einen Jungen handelt. Mit Stentorstimme. Und natürlich auf englisch. Und dann sind wir sofort wieder bei den Bimsmicheln und moderner Dekadenz. Die Leute um uns herum beschweren sich, er soll gefälligst still sein. Und danach geht's los auf französisch. Daß er nicht gewußt hätte, daß es in Rennes derart viele Tunten gibt und . . .« Sie legte den Finger an die Schläfe, als sei er ein Revolver. »Er hätte fast einen Aufruhr verursacht. Ich mußte ihn aus dem Kino herausholen, ehe man die *flics* alarmiert hätte. Auf dem Heimweg hat er mir dann lang und breit auseinandergesetzt, daß das, was er Kinematographie – mit einem K – nannte, mit Douglas Fairbanks senior und Mary Pickford angefangen und aufgehört habe. Völlig bekloppt. In den letzten zwanzig Jahren hat er keine zehn Filme gesehen. Aber er weiß über alles Bescheid. Wie mit Ihnen gestern abend. Je vernünftiger man mit ihm argumentiert, desto weniger hört er zu.«

»Und es ist doch nur eine Pose?«

»Auf eine seltsame Weise ist es ein Gefühl für Stil. Und es ist sogar etwas durchaus Aufrichtiges darin. Wissen Sie, damit will er sagen, ich lasse mich nicht auf Ihre Altersstufe herab. Ich bin alt, bin nun einmal so, wie ich bin, ich will eben nicht begreifen.«

Das Monstrum sagte: »Also, wie er spricht. Erklärt mir dauernd, ich benehme mich wie ein Backfisch. Und ich lache dann und sage, *Henry*, Backfische kamen schon aus der Mode mit Schnürleibchen und Hemdhöschen. Um Gottes willen. Aber es macht ihn noch schlimmer, was, Di?«

»Es ist nicht so idiotisch, wie es klingt. Er weiß, daß wir etwas zum Lachen haben müssen. Etwas, das wir in ihm verachten können.«

»Und ihm verzeihen.«

Die Maus spreizte die Finger.

Eine kurze Stille folgte. Die herbstliche Sonne brannte. Ein Schmetterling, ein Admiral mit rostroten Bändern, glitt vorbei und flatterte sekundenlang über dem gewölbten Rücken der Maus. David wußte, was mit ihm geschehen war: ein plötzliches Heimweh, eine Sehnsucht nach den alten Zeiten an der Kunsthochschule, nach der Kameradschaft. Jenes Bedürfnis nach Offenheit, gemütlichem Schwatz; der Lehrer wurde auf seine Menschlichkeit geprüft, wie weit er von seinem Podest herunterkommen würde; nicht nur beichten, sondern die Beichte benutzen.

Die Maus sprach ins Gras. »Hoffentlich schockiert Sie das alles nicht.«

»Ich bin froh, daß Sie beide soviel Gescheites über ihn zu sagen haben.«

»Manchmal fragen wir uns selbst deswegen.« Und sie fuhr fort: »Ob wir nicht das sind, was unsere Spitznamen bedeuten.«

Er lächelte. »Mir kommen Sie aber gar nicht zaghaft vor.«

»Außer, daß ich weggelaufen bin.«

»Aber Sie haben doch gesagt, Sie würden mehr lernen.«

»Über das Leben. Aber . . .«

»Nicht über Ihre Arbeit?«

»Ich möchte noch einmal ganz von vorn anfangen. Ich weiß noch nicht.«

»Das ist gar nicht mausähnlich.«

Das Monstrum sagte: »Ach, was soll's. Ich lege mich lieber mit dem alten Henry an als mit vierzig beschissenen Gören.«

Die Maus lächelte, und das Monstrum gab ihrer Schulter einen kleinen Schubs.

»Für dich ist das in Ordnung.« Sie sah zu David auf. »Ehrlich, ich war echt durcheinander. Ich meine, als Studentin. Drogen und so weiter. Nicht das harte Zeug. Sie wissen schon. Hab herumgeschlafen. Di weiß, daß ich mich mit wer weiß wie vielen Sumpfhähnen eingelassen habe. Ehrlich.« Mit dem Fuß stieß sie das Bein des anderen Mädchens an. »Stimmt doch, Di?« Die Maus nickte. Das Monstrum sah an David vorbei und hinüber zu der Stelle, wo der alte Mann eingenickt war. »Was ich meine, ist, mit ihm wird man nicht bloß aufs Kreuz gelegt und Schluß und wo ist der nächste Betthase. Er ist wenigstens dankbar. Ich werde nie den einen Typ vergessen. Der hatte gerade . . . Sie wissen doch, große Portion. Und wissen Sie, was er sagt?« David schüttelte den Kopf. »›Warum bist du so ein gottverdammtes Bügelbrett?‹« Sie schlug sich an die Stirn. »Ich meine, ganz ehrlich, wenn ich dran denke, was ich mir alles hab bieten lassen. Und der arme Henry mit Tränen in den Augen, wenn er es schließlich geschafft hat.« Sie hatte den Blick wieder gesenkt, als wüßte sie, daß sie zuviel gesagt hatte. Plötzlich grinste sie David an. »Die *News of the World* würden Ihnen ein kleines Vermögen dafür zahlen.«

»Ich glaube aber, die Rechte liegen bei Ihnen.«

Einen langen Augenblick sah sie ihn unverwandt an; suchend

und prüfend zugleich. Ihre Augen waren braun, das Attraktivste an ihrem kleinen Gesicht. Und sie waren geradezu und hatten auch, blickte man tief in sie hinein, etwas Zärtliches. Und David erkannte, daß er im Laufe der Dreiviertelstunde, die seit dem Picknick vergangen war, begonnen hatte, Anne »mitzukriegen«. Unter der schnodderigen Sprache vermutete er Warmherzigkeit und Aufrichtigkeit – nicht die der Maus, emanzipiert und bürgerlich, auf einem gescheiten Kopf und einem bewiesenen Talent beruhend, sondern eher etwas Proletarisches, viel mühsamer Erworbenes, weil sie eben ein »echtes Durcheinander« mitmachen mußte. Die Freundschaft, das gegenseitige Verständnis war ihm klarer geworden: Es gab sowohl Übereinstimmendes als auch Ergänzendes. Mag sein, daß es mit ihrer Nacktheit zu tun hatte, der Sonne, dem Wasser, den leisen Stimmen, mit der stillen Verlassenheit des Waldsees hinter ihnen; jedenfalls spürte er, wie er immer enger in die Maschen dieser drei fremden Schicksale verstrickt wurde, als hätte er sie viel länger gekannt, oder aber als ob die ihm bekannten Lebensgeschichten während der letzten vierundzwanzig Stunden irgendwie und rätselhaft verblaßt wären und an Bedeutung verloren hätten. Es gab nur ein akutes Jetzt, das Gestern, das Morgen wurden zu Mythen. Und dann war noch das fast metaphysische Gefühl, zu den Auserwählten zu gehören, denen es vergönnt war, in eine Umwelt und Epoche hineingeboren zu sein, da so vieles so schnell ging – und, auf banalerer Ebene, daß Beruf und Karriere solche Möglichkeiten gestatteten. Seine Freunde und Bekannten sollten ihn jetzt einmal sehen. Und dann fiel ihm Beth wieder ein.

Er hatte den Blick des Monstrums ausgehalten und danach wieder die Augen gesenkt, und es hatte eine kleine Pause gegeben. Dann sah sich die Maus um (aber nicht mehr ganz so unbefangen, als wäre die Beichte doch wohl ein wenig zu weit gegangen), sah auf das Wasser und dann wieder ihre Freundin an.

»Ich geh noch mal schwimmen.«

»O. K.«

Die Maus drehte sich und setzte sich auf, den Rücken zu David. Das Monstrum lächelte ihm zu.

»Sie sind herzlich eingeladen.«

Er hatte es vorausgesehen und sich bereits entschieden. Er warf einen Blick auf die Stelle, wo der Alte lag.

»Vorausgesetzt, ich provoziere nichts.«

Sie hob die Brauen wie Groucho Marx und ließ sie tanzen.

»Nur uns.«

Die Maus holte aus und gab ihr einen Klaps aufs Hinterteil. Dann stand sie auf und ging die Böschung hinunter, dem Wasser entgegen. Es war kein Laut zu hören; das Monstrum war liegengeblieben und starrte jetzt wieder ins Gras. Nach einer Weile sprach sie mit gedämpfter Stimme.

»Jammerschade, nicht wahr?«

»Sie weiß wohl, was sie tut.«

Sie lächelte trocken. »Das kann doch nicht Ihr Ernst sein.«

Er beobachtete die Maus auf ihrem Weg ins Wasser; Diana, schlanker Rücken, zierliches Hinterteil; sie mußte auf etwas getreten sein – jedenfalls machte sie einen Schritt seitwärts, ehe sie tiefer hineinwatete.

»Glauben Sie denn, Sie sollten von hier weggehen?«

»Ich bleibe nur ihretwegen hier.« Sie sah an sich hinunter. »Wissen Sie, eigentlich und genau besehen, ist Di der Außenseiter. Henry und ich, wir leben so in den Tag hinein. Sie verstehen, ja? Wir könnten nicht anders sein, selbst wenn wir uns Mühe gäben. Bei Di ist's genau umgekehrt.«

Das Mädchen im Wasser war jetzt getaucht und schwamm der Mitte zu.

»Und sie hat das nicht gemerkt?«

»Nicht echt, nein. Darin ist sie dumm. Wie es gescheite Mädchen eben manchmal sind. Klar, den Alten hat sie durchschaut. Aber wen sie nicht durchschaut hat, das ist sie selbst.« Das Monstrum wich seinem Blick aus, es war, als sei sie auf einmal schüchtern geworden. »Wenn es Ihnen gelingen könnte, sie zum Sprechen zu bringen. Vielleicht heute abend. Wir sorgen dafür, daß Henry zeitig zu Bett geht. Sie braucht nämlich jemand, der von draußen kommt.«

»Gewiß, natürlich . . . Ich werd's versuchen.«

»Gut.« Einen Augenblick lang sagte sie gar nichts, dann setzte sie sich unvermittelt auf und auf die Fersen. Ein Grinsen. »Sie mag Sie. Sie hält Ihre Arbeiten für phantastisch. Das Ganze war nur Theater. Gestern nachmittag.«

»Das hat sie zugegeben.«

Prüfend sah sie ihn einen Moment lang an, dann stand sie auf; eine Sekunde tat sie, als sei sie die züchtige Venus, eine Hand über den Schoß, die andere über den Busen gelegt.

»Wir werden nicht hinsehen.«

Dann ging sie auch zum Wasser. David stand auf und zog sich aus. Er hatte im Nu das Monstrum eingeholt, der das lehmige Wasser bis zu den Hüften reichte. Sie lächelte ihm kurz zu und warf sich mit einem kleinen Schrei nach vorn. Eine Sekunde später ließ er sich ebenfalls vorwärts fallen und schwamm dem anderen Kopf nach.

Fünf Stunden später saß ihm beim Abendessen der gleiche Kopf gegenüber, und David hatte immer mehr Mühe, überhaupt an irgend etwas anderes zu denken. Vor dem Abendessen war sie nur kurz erschienen, hatte sich mit dem Monstrum in der Küche zu schaffen gemacht. Sie trug diesmal eine schwarze Hemdbluse zu einem langen Rock aus braun und orange gestreiftem Material: Nacht und Herbst – und hatte ihr Haar zu einer klassisch eleganten, absichtlich ein wenig zerzaust wirkenden Frisur hochgesteckt. Um sie war ein kaum merklicher Anflug von Eroberungslust, und sie hatte damit Erfolg. Je mehr er sie »mitkriegte«, je schärfer er sie beobachtete, desto mehr gefiel sie ihm; als Temperament, als Gefüge aus Vorlieben und Empfindungen, als weibliches Objekt. Er wußte es und verbarg es . . ., und zwar nicht nur ihr, sondern auch zum Teil sich selbst gegenüber; das heißt, er analysierte, was er so überraschend attraktiv an ihr gefunden hatte – und warum gerade diese Mischung aus Physischem und Seelischem, Reserviertheit und Offenheit, Beherrschung und (denn er war inzwischen zu derselben Überzeugung wie das Monstrum gelangt) Unsicherheit ihm so gefiel und so stark an etwas appellierte, das in ihm selbst war. Merkwürdig, wie einen so etwas wie ein Blitz aus heiterem Himmel treffen konnte, wie es irgendwie schon in einem war, ehe man es überhaupt herannahen sah. Er kam sich ein wenig verzaubert, besessen vor und gelangte zu der Überzeugung, daß dies vor allem daran lag, daß Beth nicht dabei war. Sie lebten so eng miteinander, er mußte wohl vergessen haben, wie die einstige maskuline Freiheit schmeckte, und vielleicht war es überhaupt nichts weiter, als daß er jemanden brauchte, dem er das, was sich tagsüber in ihm aufgestaut hatte, mitteilen konnte. Wenn er zurückdachte, war es ein wunderschöner Tag gewesen, so dicht gewoben und doch so einfach, so erfüllt von neuem Erleben und gleichzeitig so urtümlich, atavistisch, zeitentronnen. Aber vor allen Dingen fühlte er sich nun akzeptiert, fast wie ein Mitglied der Familie.

Bei den Mädchen hatte er sich, weil er mit ihnen geschwommen war, legitimiert; nachher war ihm klar geworden, daß das notwendig gewesen war – um, auf der Ebene des Monstrums, nicht als Spielverderber dazustehen; und daß er, auf der bewußteren Ebene der Maus, einem Vorschlag nicht im Wege gestanden hatte. Einige hundert Meter vom Ufer hatte er sie eingeholt. Sie hatten sich ein wenig über den See unterhalten, über die Temperatur des Wassers und wie angenehm sie sei, als sie ein paar Meter voneinander entfernt Wasser traten. Er sah, wie das Monstrum wieder ans Ufer zurückging. Der Alte unter der Fichte war nicht aufgewacht. Langsam waren sie nebeneinander zurückgeschwommen, der mageren Gestalt entgegen, die sich gerade abtrocknete. Er war neben der Maus aus dem Wasser gestiegen, und das Monstrum hatte ihm ein nasses Handtuch gereicht. Sonnenlicht, Bäume, aufmerksame Augen, die auf ihn gerichtet waren; wenn er überhaupt noch Reste einer schattenhaften Verlegenheit spürte, so hatte das sehr wenig mit den beiden zu tun . . ., eher mit der Blässe seiner Haut neben der ihren.

Er hatte sich nicht gleich wieder angezogen, sondern saß, auf nach hinten abgewinkelte Arme gestützt, neben seinen Kleidern, um sich von der Sonne noch ein wenig trocknen zu lassen. Die beiden Mädchen lagen auf dem Rücken, die Köpfe in seiner Richtung wie vorher, die Füße dem Wasser zu. Der tiefe Friede des Sees, die ungetrübte Isolierung; oder nicht ganz, denn in ganz weiter Ferne, am Horizont, hatte sich etwas bewegt: ein Angler, eine Schnur, die ausgeworfen wurde, ein kleiner Tupfen blauen Drillichs. David schwieg. Er verspürte eine Art geistiger – abstrakter? – Wollust, ein ihn überflutendes Begehren nach urzeitlicher, maskuliner, nach gestatteter Promiskuität, nach der polygamen Zärtlichkeit zweier Körper, das Harem-Syndrom. Jene boshafte und ganz beiläufig gemachte

Bemerkung des Alten über das, was die beiden Mädchen brauchten, hatte Tagträume gezeitigt; frei sein von der Verantwortung ... eine derart neue Sicht dessen, was man war, was man verdrängt hatte. Keine zwölf Stunden waren es her, da er die beiden fast abgetan und seiner Aufmerksamkeit nicht wert befunden hatte; jetzt war das, was während des Picknicks nur träge Hypothese schien, gewachsen und hatte Form angenommen, war viel näher herangerückt, faßbarer, vorstellbarer geworden. Es war wie die Tage oder Wochen, die man vor einem Bild verbrachte, grundierend, verfeinernd, und alles auf nur wenige Stunden zusammengedrängt. Natürlich kannte er den Grund dafür. Der maßlose Zeitdruck, die prosaische Wirklichkeit – die bevorstehende lange Fahrt nach Paris: Er mußte um die gleiche oder fast die gleiche Stunde am nächsten Tage dort sein. Vielleicht war es tatsächlich ein echter Geniestreich von dem Alten gewesen, ein altes Bedürfnis, der Stadt zu entfliehen, zum Vorwand zu nehmen, sich mysteriös abzusondern, und dabei erkannt zu haben, daß des Rätsels uralte Lösung, die grüne keltische Quelle, immer noch floß. Glücklicher alter Mann, dem es vergönnt war, sich sein Empfinden zu bewahren und zutiefst amoralisch zu sein und sich dieses letzte, warme Refugium und diese leidenschaftslose Freundschaft mit seinem Ruhm erkaufen zu können. David drehte sich nach ihm um. Er schlief noch immer wie tot. Die beiden schweigenden Mädchen hatten sich so ins Gras gelegt, daß ihn nichts hindern konnte, langsam die Kurven ihrer Körper von oben bis unten zu begutachten – wie sie wahrscheinlich wußten. In ihrer stillschweigenden Rücksichtnahme auf sein Schamgefühl – ein fortgesetztes Unterhalten hätte bedeutet, daß sie ihn ansehen müßten – lag gleichzeitig auch ihre geheime Überlegenheit. Er verspürte in sich eine ihm ganz fremde Brutalität: Er verstand plötzlich, wie Männer vergewaltigen konnten. In eben dieser Wehrlosigkeit lag etwas zugleich Zärtliches und Herausforderndes, das ihn zutiefst berührt hatte.

Er war aufgestanden und hatte sich angezogen. Er wird Beth davon erzählen, weil er ihr früher oder später immer alles erzählte; aber erst mußte er wieder mit ihr ins Bett gegangen sein.

Dann war der gemächliche Heimweg gekommen und die plötzliche Anwandlung der beiden Mädchen – sie hatten diesmal einen kleinen Umweg genommen, um ihm einen romantisch verfallenen Bauernhof inmitten einer unkrautüberwucherten Lichtung zu zeigen –, unbedingt Brombeeren zu pflücken für eine traditionelle englische Brombeer- und Apfeltorte. Der Alte gab vor, »die verdammten Dinger« zu verachten, spielte jedoch den bärbeißigen Jovialen und bog sogar ein paar der hohen Zweige mit seiner Spazierstockkrücke herunter. Etwa eine Viertelstunde lang waren sie alle wie Kinder damit beschäftigt gewesen. Ein weiteres Moment künftigen Heimwehs für David, der ja nicht mehr da sein würde, um sie zu genießen; aber hier hatte er sich verrechnet, denn deswegen hatten die beiden vor dem Abendessen in der Küche hantiert. Die Maus hatte die Kruste, Anne den Früchtebelag vorbereitet. Ihm zu Ehren, hatten sie gesagt, als wollten sie Buße tun für etwas Entmannendes, Unfaires in der ganzen Situation. Er war gerührt.

Nach dem Brombeersammeln war er ein paar Schritte dem alten Mann und dem Monstrum voraus an der Seite der Maus gegangen. Überraschenderweise war sie ein wenig befangen, als wüßte sie, daß das Monstrum geredet hatte – es war, als wollte sie sich aussprechen und hätte gleichzeitig Furcht, sie könnte sich dabei etwas vergeben. Auf eine ziemlich neutrale, generelle Art und Weise hatten sie über das Royal College gesprochen und warum sie weggegangen war. Sie hatte sich eingekreist gefühlt, eingeengt in der Meisterklasse, wo allzu viele auserlesene Begabungen in einem kleinen Raum zusammengepfercht waren. Sie hatte ihre anfängliche Unbefangenheit verloren und kümmerte sich zu viel darum, was die anderen machten, sie selbst hatte an allem schuld. Flüchtig sah er ein anderes Mädchen durchschimmern: sehr reizbar, überempfindlich, fanatisch selbstkritisch, übergewissenhaft, wie das eine Stück Arbeit, das er von ihr gesehen hatte. Gleichzeitig gab sie sich Mühe, alles herunterzuspielen, was ihre zukünftige Laufbahn betraf, oder ihn jedenfalls nicht damit zu langweilen. Danach hatten sie sich dem Thema der Kunstpädagogik im allgemeinen zugewandt. Er hatte einen Vorgeschmack davon bekommen, daß er es, wenn er mit ihr allein war, mit einem ganz anderen Menschen zu tun hatte, mit jemandem, der sich ohne den Katalysator des Monstrums viel schwerer auflösen ließ. Sie war sogar stehengeblieben, hatte sich umgewandt und gewartet, bis die anderen sie eingeholt hatten. Er war ziemlich sicher gewesen, daß es nicht nur geschah, um Henry keinen Grund zur Eifersucht zu geben. Sie wollte damit andeuten, daß das Gespräch gescheitert sei. Trotzdem war sie für ihn nicht minder attraktiv geworden.

Bezeichnend für seine Stimmung auf dem Rückweg waren wohl seine Gedanken über das Telegramm von Beth: Würde es ihn bei seiner Rückkehr erwarten? Es war zwecklos, sich etwas vorzumachen. Er hatte uneingeschränkt gehofft – nicht etwa, daß sich Sandys Zustand verschlimmert hätte, sondern daß irgend etwas anderes dazwischengekommen sein könnte, um Beths Flug nach Paris zu verzögern. Sie hatten sogar damit gerechnet, daß sie womöglich ihre Ankunft um ein oder zwei Tage hinausschieben müßte. Das war alles, was er wollte, nur noch einen Tag. Aber sein Wunsch war unerfüllt geblieben: Es gab kein Telegramm.

Als eine Art von Entschädigung hatte er allerdings noch ein sehr nützliches Tête-à-tête mit Breasley. Die meisten der noch offenen und seine Lebensgeschichte betreffenden Fragen waren beantwortet worden – à la Breasley, versteht sich, aber David spürte doch, daß er nicht ernstlich irregeführt wurde. Zeitweilig schimmerte sogar eine überzeugende Ehrlichkeit durch. So hatte David zum Beispiel auf den scheinbaren Widerspruch in Breasleys pazifistischer Haltung im Jahre 1916 angespielt und gefragt, warum er denn im Spanischen Bürgerkrieg als Sanitäter gedient hätte.

»Weiße Federn, lieber junger Freund. Ganz wörtlich gemeint. Hatte eine Sammlung dieser verfluchten Dinger. War mir Wurscht, mehr ein Spaß. Aber dann hat mich Russell bekehrt. Hab ihn sprechen gehört bei einer Versammlung. Erstklassiger Kopf, erstklassiges Herz. Einmalig. Gibt's heute nicht mehr.« Sie standen bei dem Fenstertisch in seinem Schlafzimmer, hinter ihnen die beiden Betten. David wollte sich den Braque noch einmal genauer ansehen und bekam die Geschichte zu hören, warum Breasley den anderen Braque verkaufen mußte: Um Coët und die Umbauten zu finanzieren. Der Alte lächelte ihm zu. »Jahre vergehen, muß oft zurückdenken. Frag mich, ob es nicht doch bloß Lahmärschigkeit war. Muß es einmal genau wissen. Und loswerden. Verstehen Sie das?«

»Ich kann's mir vorstellen.«

Der Alte sah starr aus dem Fenster; die sinkende Sonne über dem Baum.

»Hatte die Hosen gestrichen voll. Die ganze Zeit über. Hab's gehaßt. Mußte einfach zeichnen. Konnte es nur so ertragen.« Er lächelte. »War keine Angst vor dem Tod. Um den beteten wir. Hör immer noch den Schmerz. Erlebe ihn wieder. Wollte ihn festnageln. Töten. Konnte ihn nicht gut genug zeichnen.«

»Vielleicht nicht für Sie selbst. Aber bestimmt für uns übrige.«

Der alte Mann schüttelte den Kopf.

»Dem Vogel Salz auf den Schwanz streuen. Das tun nur Einfaltspinsel.«

Danach hatte ihn David in weniger traumatische Lebensbereiche geführt und sogar riskiert, am Schluß dem Alten eine Dosis seiner eigenen Arznei zu verabfolgen. Wenn es tatsächlich so war, daß er die Parallelen, die David in seinem Artikel gezogen hatte, nicht begreifen wollte, wie konnte er erklären, daß die beiden Mädchen sein optisches Erinnerungsvermögen so bewunderten? Breasley verzog das Gesicht und faßte sich an die Nase.

»Haben mich wohl verraten, die kleinen Luder, was?«

»Als Sie Ihr Schläfchen hielten, habe ich sie zum Reden gebracht.«

Der Alte hielt den Blick gesenkt und fuhr mit den Händen die Tischkante entlang.

»Vergesse nie ein gutes Bild, David.« Er hob den Kopf und sah hinaus in den Garten. »Namen schon. Aber was bedeutet ein Name. Gekrakel in irgendeiner Ecke. Das ist alles.« Vielsagend wies er mit dem Daumen auf den Braque und kniff ein Auge zu. »Das Bild überdauert: nur darauf kommt es an.«

»Also brauche ich mich selbst nicht aus der Bibliographie wegzulassen?«

»Der Gehenkte. Nicht das Ding in Verona. Foxe, glaube ich. Kann mich jetzt nicht entsinnen.«

Er wollte damit auf ein Detail im Hintergrund von Pisanellos *Der Hl. Georg und die Prinzessin* anspielen und auf ein Zitat in einem der düstersten Gemälde der Coëtminais-Serie – unbetitelt, aber *Trostlosigkeit* hätte gepaßt: ein Wald voller gehenkter und noch lebender Gestalten, die so aussahen, als wollten sie auch gehenkt werden.

»Foxe sagt mir nichts.«

»*Book of Martyrs*. Holzschnitte. Altes Exemplar zu Hause. Hatte Angst davor. Muß damals sechs, sieben Jahre gewesen sein. Viel schlimmer als die Wirklichkeit. Spanien.«

David riskierte einen weiteren Schritt.

»Warum wehren Sie sich so dagegen, Ihre Quellen aufzudecken?«

Die Frage bereitete dem Alten offensichtliches Vergnügen, als sei David in eine Falle gegangen.

»Mein lieber junger Freund. Hab immer gemalt, um zu malen. Mein ganzes Leben lang. Nicht um cleveren jungen Dachsen wie Ihnen Gelegenheit zu verschaffen, mit ihrem Wissen anzugeben. Wie scheißen, zum Beispiel. Wenn man sich überlegt, warum man es tut. Wie man es tut. Nachher stirbt man an Verstopfung. Scher mich einen Furz drum, woher meine Ideen kommen. Hab mich nie darum gekümmert. Das ist alles. Könnte Ihnen nicht einmal sagen, wie es anfängt. Was es überhaupt bedeutet. Will's auch nicht wissen.« Er nickte dem Braque zu. »Der alte Georges hatte einen Ausdruck dafür. *Trop de racine*. Stimmt's? Zuviel Wurzel. Ursprung. Vergangenheit. Nicht Blüte. Das Jetzt. Das Ding an der Wand. *Faut couper la racine*. Die Wurzel abschneiden. Hat er immer gesagt.«

»Also sollten Maler keine Intellektuellen sein?«

Der alte Mann lächelte.

»Miststücke. Niemals einen guten gekannt, der keines war. Der alte Piekarscho. Gräßlicher Kerl. Mit seinem Zahnpastalächeln. Würde eher einem Menschenhai vertraut haben.«

»Aber er sprach doch ganz einleuchtend über das, was er tat, oder?«

Der Alte schnaufte verachtungsvoll. »Alles Augenwischerei, mein lieber junger Freund. *Fumisterie*. Von A bis Z.« Und fügte hinzu: »Sehr schneller Arbeiter. Hat sein ganzes Leben lang überproduziert. Mußte ja die Leute verarschen.«

»Und *Guernica*?«

»Guter Grabstein. Damit all der Abschaum, der sich damals einen feuchten Kehricht drum gekümmert hat, heute seine edlen Gefühle zeigen kann.«

Ein Ressentiment war aufgeblitzt, ein winziges rotes Warnlicht, Unbewältigtes, Unverheiltes. David wußte, daß sie jetzt wieder bei abstraktem und gegenständlichem Malen angelangt waren und bei dem, was der Alte in Spanien erlebt hatte. Der Groll gegen Picasso war entschlüsselt worden. Aber Breasley selbst wich von diesem Abgrund zurück. Er lächelte wieder.

»*Si jeunesse savait* . . . Sie kennen das?«

»Freilich.«

»Darum geht's. Einfach malen. Das ist mein Ratschlag. Und das gescheite Gerede den armen Würstchen überlassen, die's nicht können.«

David hatte zurückgelächelt und den Blick gesenkt. Ein wenig später wollte er gehen, aber der alte Mann hatte ihn zurückgehalten.

»Bin froh, daß Sie den Mädels gefallen haben, David. Wollte das erwähnen. Abwechslung für die beiden.«

»Sie sind ein sehr nettes Paar.«

»Und einigermaßen zufrieden, meinen Sie?«

»Bei mir hat sich keine beschwert.«

»Kann ihnen nicht mehr viel bieten. Bißchen Taschengeld.« Offenbar brauchte er hier eine Bestätigung. »Hab mich niemals gut in Sachen Gehälter und so fort ausgekannt.«

»Ich bin überzeugt, daß sie nicht deswegen hier sind.«

»Vielleicht eine regelmäßige Bezahlung? Wär das besser, was meinen Sie?«

»Warum fragen Sie denn nicht die Maus?«

Der Alte starrte aus dem Fenster. »In Gelddingen sehr empfindliches Mädchen.«

»Soll ich die beiden fragen?«

Breasley hob die Hand. »Nein, nein, junger Freund. Nur Ihren Rat. Von Mann zu Mann, sozusagen.« Und dann sah er plötzlich zu David auf. »Wissen Sie, warum ich sie die Maus nenne?«

»Das habe ich mich bereits gefragt.«

»Geht nicht um das Tier.«

Der alte Mann zögerte, dann zog er ein weißes Blatt Papier aus einer Schublade neben sich. David stellte sich hinter ihn und sah ihm über die Schulter. Er beobachtete, wie Breasley sich dem Blatt Papier zuwandte, als sei es ein offizielles Dokument; aber er malte nur in Versalien und mit Bleistift den Buchstaben M, dann ließ er einen Zwischenraum, dann kam ein S, und schließlich hängte er ein E daran. Zuerst zeichnete seine runzlige Hand in die Lücke zwischen dem M und dem S mit einem halben Dutzend schnellen Strichen eine Ö-förmige Vulva, dann strich er sie durch und schrieb darüber den Buchstaben U. Möse, Muse ... Maus. Dann sah er trocken zu David auf; ein Augenzwinkern, Zungenspitze heraus wie eine Eidechse. Noch ehe David das Wort- und Bildspiel recht erfaßt hatte, wurde das Blatt Papier zerknüllt.

»Dürfen ihr nichts verraten.«

»Versteht sich.«

»Hab Angst, sie zu verlieren. Versuch, es zu verbergen.«

»Ich glaube, das hat sie verstanden.«

Der Alte nickte und hob resigniert die Schultern, als ob Alter und Schicksal am Ende doch siegten. Damit hatte er eigentlich alles gesagt.

All das hatte sich David ins Gedächtnis zurückgerufen, als er ein wenig später in der Badewanne lag; warum eine derartige Beziehung auch angesichts der Altersunterschiede, des Nichtbegreifens, der Zurückhaltung hinter einer Fassade von Aufrichtigkeit funktionieren konnte ... Als ein modernes Arrangement, eine *ménage à trois* schöner, junger, ungehemmter Menschen, wäre sie wahrscheinlich bald in die Brüche gegangen. Es hätte Eifersüchteleien, Bevorzugungen, Mißklänge im arkadischen Lautenspiel gegeben ..., und dies hier, das war so weggeschlossen, so isoliert, so entfernt von Davids eigener realer, täglicher Welt, von Blackheath, dem Verkehrsgewimmel, den Partys, Freunden, Ausstellungen, den Kindern, Samstagseinkäufen, Eltern ... London, Einnahmen, Ausgaben. Wie verzweifelt man sich nach so etwas sehnen könnte, nach ... nach etwas Ähnlichem, natürlich entsprechend abgewandelt. Beth und er müßten es wirklich einmal ernsthaft erwägen; vielleicht Wales oder die Westküste, die ja nicht nur aus St. Ives und einem Schwarm von Poseuren um ein paar erlauchte Namen herum bestand.

Die armen Würstchen, die's nicht können. Genau.

Was er sich schließlich merken, woran er sich stets erinnern würde, war Breasleys Unbändigkeit, seine Wildheit im biologischen Sinne. Das Ungezähmte seiner Sprache und seines Verhaltens waren im Grunde nur Äußerlichkeiten, wie das aggressive Benehmen mancher Tiere. Die tieferliegenden Motive waren Friede, Raum, Landschaft und nicht unaufgefordertes Männlichkeitsgehabe. Die von dem Alten gezeigten Fratzen waren nur ein Vorwand für die Entfesselung seines Selbst. Er wohnte nicht wirklich im *manoir*, sondern seine Heimat war draußen, im Forst. Sein ganzes Leben lang mußte er von der Sehnsucht besessen gewesen sein, sich irgendwo verstecken zu können, von einer profunden Scheu, einer Schüchternheit, und er hatte sich gezwungen, genau das Gegenteil davon zu scheinen. Anfangs mußte ihn das aus England vertrieben haben; in Frankreich angekommen, hatte er sein Engländertum benutzt – war es denn nicht bemerkenswert, welch großen Teil seiner Person er trotz jahrelangen Exils bewahrt hatte? –, um sich dahinter vor all dem zu verkriechen, was an französischer Kultur von außen einzudringen drohte. Das Angelsächsische der Coëtminais-Serie war von David bereits in einem Absatz des Entwurfes der Einführung betont worden, und nun machte sich David im Geiste eine Notiz, diesen Gedanken auszuspinnen und zu verstärken. So gesehen schien es fast, als sei dies der von ihm gesuchte Schlüssel: Der schlaue alte Outsider, in Acht und Bann getan, der sich hinter der auffallenden Tarnung seines empörenden Verhaltens und seiner kosmopolitischen Einflüsse verbarg, war in Wirklichkeit vielleicht ebenso unveräußerlich englisch wie Robin Hood.

Der Altersunterschied in der Beziehung hatte in der Tat während dieses Abendessens den Ton angegeben. Obwohl er vor der Mahlzeit sein gewohntes Glas Whisky bekommen hatte, trank Henry nur zwei Glas Wein, und auch diese nur stark verdünnt. Er machte einen erschöpften, in sich gekehrten Eindruck, in einer Art verspäteten Katerstimmung. Jedes seiner Jahre war zu sehen, und David kam es vor, als ob die beiden Mädchen und er selbst sich verschworen hätten, die Kluft noch zu unterstreichen. Das Monstrum war in einer gesprächigen Stimmung und berichtete David in dem für sie so typischen Slang und elliptischen Idiom, wie sehr sie unter der Ausbildung als Kunstpädagogin gelitten habe. Der alte Mann hörte ihr zu, als überraschte ihn diese ungewohnte Lebhaftigkeit ... und als ginge das von ihr Gesagte über sein Begriffsvermögen. Die halbe Zeit über wußte er überhaupt nicht, was sie erklären wollte: Mikropädagogik, Systemkunst, Psychotherapie, sie alle kamen von einem anderen Stern. David konnte sich gut vorstellen, wie fremdartig dies jemandem erscheinen mußte, in dem noch das Schlachtfeld der Titanen der Kunst des frühen zwanzigsten Jahrhunderts weiterlebte, wie schleierhaft ihn dieses ganze Zurückführen einst so leidenschaftlich verfochtener Theorien und revolutionärer Praktiken auf eine Methode der Massenerziehung anmuten mußte, auf eine zwischen Englisch- und Mathematikstunde eingeschobene »Aktivität«. Hier *Les Demoiselles d'Avignon*, dort Millionen Dosen Plakatfarbe.

Sie saßen beim Kaffee; der Alte war ganz still geworden. Die Maus bat ihn, ins Bett zu gehen.

»Unsinn. Hör gern zu, wenn ihr jungen Leute euch unterhaltet.«

Worauf sie sanft entgegnete: »Hör auf, uns was vorzumachen. Du bist todmüde.«

Er brummte weiter, hoffte, von David männliche Unterstützung zu bekommen, erhielt sie aber nicht. Schließlich brachte ihn die Maus doch nach oben. Sowie sie verschwunden waren, setzte sich das Monstrum auf den Stuhl des Alten am Kopfende des Tisches. Sie schenkte David noch etwas Kaffee ein. Diesmal war sie nicht ganz so extravagant angezogen – sie trug ein schwarzes Hängerchen à la Kate Greenaway mit einem Rankenmuster aus rosa und grünen Blumen. In seiner dörflichen Schlichtheit paßte das Kleid besser zu ihr oder besser zu dem, was David nun an ihr mehr mochte.

Sie sagte: »Wir gehen nach oben, wenn Di zurückkommt. Sie sollen sich mal ihre Arbeiten ansehen.«

»Das möchte ich gerne.«

»Sie benimmt sich ganz blöd deswegen. Geniert sich.«

Er rührte in seiner Tasse. »Was ist eigentlich aus ihrem Freund geworden?«

»Tom?« Sie hob die Schultern. »Ach, das Übliche. Er hat es einfach nicht verkraften können, daß sie den Studienplatz am Royal College bekam. Er sollte ihn eigentlich kriegen.«

»Das kann vorkommen.«

»Und außerdem war er einer von denen, die alles zu wissen glauben. Feinste Erziehung und so weiter. Ich persönlich konnte ihn nicht ausstehen. Er war immer so verflucht überzeugt von sich selbst. Nur Di hat das nie merken wollen.«

»Und es hat sie sehr getroffen?«

Sie nickte. »Wie ich schon gesagt habe. Und dabei ist sie so naiv. In mancher Beziehung.« Sie schwieg. Dann hörte sie auf, mit dem Kaffeelöffel herumzuspielen, und sah ihn prüfend im Lampenlicht an: mit ihren ehrlichsten Augen.

»Kann ich dir ein ganz großes Geheimnis anvertrauen, David?«

Er lächelte. »Aber natürlich.«

»Was ich schon heute nachmittag sagen wollte.« Ihr Blick wanderte durch das Zimmer, zur Treppe, dann drehte sie sich wieder zu ihm und hatte die Stimme gesenkt. »Er möchte, daß sie ihn heiratet.«

»Großer Gott.«

»Es ist so hirnverbrannt, daß ich . . .«

»Du willst doch nicht etwa andeuten, sie wäre . . .«

Sie schüttelte den Kopf. »Du kennst sie nicht. Sie ist in so vielen Dingen die Klügere von uns beiden, aber manchmal trifft sie ehrlich ganz irre Entscheidungen. Ich meine zum Beispiel diese Szene hier.« Sie verzog das Gesicht zu einer humorlosen Grimasse. »Zwei so tolle Mädchen wie wir beide. Wir müssen doch den letzten Rest von Verstand verloren haben, oder?« Sie fuhr fort. »Uns kommt das nicht einmal mehr komisch vor. Also gut, heute nachmittag haben wir uns einen Witz erlaubt. Aber das ist das erstemal seit Wochen.«

»Und sie hat nein gesagt?«

»Sagt sie. Aber sie ist noch immer hier, nicht wahr? Ich finde, das ist so was wie eine Vaterfixierung.« Wieder suchte sie seinen Blick. »David, sie ist so ein phantastisches Mädchen. Ehrlich, du kannst es dir nicht vorstellen. Also meine Mutter und mein Vater, die sind Zeugen Jehovas, Bibelforscher. Total irre. Ich hab zu Hause nichts wie beschissene Probleme gehabt. Ich meine, ich *hab* gar kein Zuhause mehr. Ohne Di wäre ich eingegangen. Selbst das letzte Jahr. Nur weil ich ihr schreiben konnte.« Sie sprach weiter, ehe er sie unterbrechen konnte. »Dabei ist sie völlig unlogisch. Für sie ist all das hier ein Grund, ihn nicht zu heiraten.« Sie bewegte die Hand. »Verrückt. Will sich ihr ganzes Leben versauen. Hauptsache, sie selbst hat keinen Vorteil daraus gezogen.«

»Jemanden ihres Alters wird sie hier kaum treffen.«

»Genau.« Sie fläzte sich auf einen Ellbogen und sah David über den Tisch hinweg an. Sie sprachen immer noch mit gedämpfter Stimme. »Sie sieht sich nicht einmal an, was es hier gibt. Zum Beispiel neulich in Rennes, wo wir einkaufen gefahren waren. Da haben uns zwei Franzosen angesprochen ... In einem Café. Studenten. Glaub mir, nur so aus Jux. Sie waren in Ordnung. Also hauen sie uns an. Di sagt, wir sind auf Urlaub, *vacances,* bei einem Freund ihrer Familie.« Sie verzog wieder das Gesicht. »Und dann wollen sie mal vorbeifahren, uns besuchen kommen.« Die Finger durchfurchten das Kraushaar. »Unheimlich. Du wirst es nicht glauben. Di benimmt sich auf einmal wie ein beschissener Sicherheitsbeamter oder so ähnlich. Wie die die beiden Jungens abwimmelte. Und dann sofort zurück nach Hause und raus aus den Kleidern, nur weil der alte Henry sich einsam vorkam und sie abfingern will.« Sie sagte: »Und genau *das* meine ich. Weißt du, was ... Es ist nicht das Körperliche. Das schafft er kaum noch, es ist einfach ... Weißt du, David, Sex, ehrlich, ich schwör's dir, für mich gibt's da nichts Neues. Ich hab alles erlebt, noch viel schrägere Szenen. Aber bei Di ist das was anderes. Sie hatte damals in Leeds eben nur diesen einen Schwanz. Ich meine ernsthaft. Und deshalb bin ich so schlecht für sie. Weil sie denkt, es muß entweder so sein wie mit Henry oder so, wie ich es damals getrieben habe. Sie weiß ehrlich nicht, worum es geht. Worum es gehen kann.«

»Hast du –«

Aber er sollte nicht erfahren, ob sie jemals daran gedacht hatte, allein wegzugehen. Oben wurde leise eine Tür zugemacht. Das Monstrum lehnte sich wieder zurück in den Stuhl, und David wandte sich um, als der Gegenstand ihrer Unterhaltung die schattige Treppe hinunterkam. Sie winkte dem Lichtkreis zu, in dem sie saßen, und kam durch das Zimmer ihnen entgegen: schlank und kühl und gefaßt, ein wenig Lügen strafend, was gerade gesagt worden war. Sie setzte sich mit einem Ausdruck von Erleichterung David gegenüber.

»Heute ist er brav gewesen.«

»Wie Sie vorausgesagt hatten.«

Sie hob beschwörend die gekreuzten Finger. »Und worüber haben wir uns inzwischen unterhalten?«

»Über Sie.«

Schnell fügte David hinzu: »Und ob Sie mir Ihre Arbeiten zeigen würden.«

Sie senkte die Augen. »Da ist nicht viel zu sehen.«

»Also was da ist.«

»Fast nur Zeichnungen. Ich hab so gut wie gar nicht gemalt.«

Das Monstrum war aufgestanden. »Ich werde es ihm zeigen. Du kannst ja hierbleiben, wenn du willst.«

Die beiden warfen einander einen Blick zu; eine Herausforderung und ein Widerwille, ein schwaches Echo eines vorausgegangenen privaten Streites. Aber dann lächelte die Widerwillige und stand ebenfalls auf.

David folgte den beiden nach oben, den Korridor entlang, an seinem eigenen Zimmer vorbei bis zu einer Tür am Ende des Ostflügels. Dort befand sich noch ein größerer Raum mit einem Bett, aber man hatte eher den Eindruck eines Wohnzimmers, zum Beispiel einer Studentenbude, hätte es sich bei den Bildern um Selbstgemaltes oder um Reproduktionen gehandelt statt um hervorragende Originale. Das Monstrum ging zu einem in der Ecke stehenden Plattenspieler und wühlte in einem Stapel Platten. Das Mädchen neben ihm sagte: »Da drüben.«

Dort stand ein langer Tisch mit Tuschen, Wasserfarben, einem schräggestellten Zeichenbrett mit einer angefangenen, mit Reißnägeln befestigten Skizze darauf. Der Arbeitstisch, ganz im Gegensatz zu dem im Studio des Alten, war peinlich aufgeräumt ..., ganz so, wie David seine eigene »Werkbank« bei sich zu Hause gerne hatte. Die Maus nahm eine Zeichenmappe vom Boden auf und legte sie auf den Tisch, ließ sie aber einen Augenblick lang unaufgebunden.

»In Leeds war ich am Schluß ganz abstrakt geworden. Und deshalb wurde ich in das Royal College aufgenommen. Also haben wir hier eine Art Rückschritt vor uns.« Sie gab ihm ein kleines schüchternes Lächeln. »Ich wollte das nachholen, was ich meinte, versäumt zu haben.«

Die Zeichnungen bezeugten großes handwerkliches Können, es fehlte ihnen aber an eigenem Gepräge. Das attraktiv Kühle in ihrem Wesen war auf dem Papier zu einer Art Kälte erstarrt, zu etwas allzu Mühsamem und Gewolltem. Erstaunlicherweise fehlte jener souveräne Duktus der Handschrift des Alten, seine Sicherheit, sein Schwung; ein Vergleich, den David nicht nur im Gedächtnis nachzuvollziehen hatte, denn die Zeichnung, von der vorher die Rede gewesen war, seine in Sekunden hingeworfene Karikatur des Monstrums im Stil Lautrecs, war ebenfalls in der Mappe zum Vorschein gekommen. Man sah, wie schnell das skizziert worden war, aber man sah auch die meisterhafte und instinktive Linienführung. Natürlich war David des Lobes voll, stellte die üblichen Fragen, was sie beabsichtigte, wo sie meinte, dem Beabsichtigten nahegekommen zu sein. Das Monstrum hatte sich an Davids andere Seite gestellt. Er hatte Popklänge erwartet, bekam aber statt dessen Chopin, leise, als Hintergrundmusik.

Sie waren zu einer Reihe von Zeichnungen gekommen mit ergänzenden Lavierungen, nicht gegenständlich, aber Farbniederschriften, wie sie David selbst benutzte. Sie gefielen ihm besser, es waren einfache oder Doppeltönungen, Kontraste, und sie hatten jenes tastende, unfertige Werkstattgefühl, das in einem wohltuenden Gegensatz stand zu den überpräzisen Beispielen reiner Zeichenkunst. Die Maus ging zu einem Schrank an der gegenüberliegenden Wand und holte vier Bilder heraus.

»Ich muß sie vor Henry verstecken. Und muß mich entschuldigen, wenn sie wie schlechte David-Williams-Bilder aussehen.«

Sie sah sich nach einem Platz um, wo sie sie aufhängen könnte, nahm dann eine Bleistiftzeichnung von der Wand herunter und reichte sie David. Gwen John. Zuerst hatte er nicht erkannt, wer das Modell war: Henry, und zwar etwa in Davids Alter. Er saß kerzengerade und ein wenig dramatisch auf einem Holzstuhl, von sich selbst überzeugt trotz seiner informellen Kleidung: der leidenschaftliche junge Moderne der späten zwanziger Jahre. Die Maus nahm eine Arbeitslampe und richtete den Lichtkegel auf einen von ihr gewählten Fleck an der Wand. David stellte die John-Zeichnung auf den Boden.

Die Bilder, die sie vorführte, besaßen keine augenfällige Ähnlichkeit mit den seinen, außer daß sie gestochen präzise, nonfigurativ und im Gegensatz zu den meisten Bildern dieses

Genres in dem von ihm selbst bevorzugten kleineren Format gehalten waren. Wahrscheinlich wäre ihm auch kein Einfluß aufgefallen, hätte sie ihn nicht selbst erwähnt. Aber die Qualität, und dies war ein Gebiet, auf dem er sich gut auskannte, die Problematik und die angedeuteten Lösungen – da brauchte er sich nichts vorzumachen, die hatte er erkannt.

»Jetzt weiß ich auch, warum das Royal College Sie aufgenommen hatte.«

»Heute sind sie richtig; morgen wieder nicht.«

»Das ist ganz normal. Sie sind richtig.«

Das Monstrum sagte: »Los, sag ihr endlich, daß sie unheimlich gut sind.«

»Das kann ich nicht. Dazu bin ich zu neidisch.«

»Sie will ja nur fünfhundert für jedes.«

»Anne, hör auf, den Clown zu spielen.«

Als Skizze war es eine Kletterrose an einer Mauer gewesen; das Ölbild war ein Gitterwerk aus rosa und grauen und cremefarbenen Schatten, eine Palette voller Gefahren – denen es entgangen war. Er selbst hätte sich gescheut, hätte Angst gehabt vor einer inhärenten Sentimentalität, einer mangelnden Akzentuierung. In seinem eigenen Tierkreis hatten eher jene Farben gestanden, die die Maus selbst trug: Herbst, Winter.

Etwa zwanzig Minuten lang unterhielten sie sich über Malerei, über seine eigenen Techniken, seine Medien, über sein neu erwachtes Interesse an der Lithographie und wie er seine Vorstellungen »wachsen« ließ . . . alles Dinge, die er früher täglich bei seinem Unterricht erläutert hatte, die ihm jetzt aber nicht mehr so geläufig waren. Beth stand ihm zu nahe, um Erläuterungen zu brauchen, und hatte längst alles verstanden; außerdem verfolgte sie ja ganz andere stilistische Zwecke. Er hatte sowohl kritisch als auch instinktiv erkannt, was dieses Mädchen ausdrücken wollte. Es bestand eine Übereinstimmung mit seiner eigenen Entwicklung; auf eine femininere, eher dekorative Art – mehr bemüht um Texturen und Übereinstimmungen als um Formen – abstrahierte sie stärker von natürlichen als von artifiziellen Farbskalen. Sie behauptete, Henry hätte sie insofern beeinflußt, als er meinte, Farbe könnte gezeichnet werden; sie hätte eine Menge gelernt, indem sie sich dazu zwinge, zu beweisen, daß das eben nicht ginge.

Sie setzten sich hin: David in einen Lehnsessel, die beiden Mädchen ihm gegenüber auf ein Sofa. Er erfuhr mehr über sie, ihre häuslichen Verhältnisse, ihre Freundschaft zueinander; Henry und das Jetzt waren vorübergehend ausgeschlossen. Und wieder war das Monstrum am gesprächigsten; sie erzählte Witziges von ihren haarsträubend begrenzten und bigotten Eltern, ihren verschiedenen aufsässigen Brüdern und von ihrer jüngeren Schwester. Sie beschrieb die Hölle ihrer Kindheit und ihr Aufwachsen in den Gassen von Acton. Die Maus war hinsichtlich ihrer Familie weniger offen. Sie war, wie sich herausstellte, als Einzelkind aufgewachsen. Ihr Vater besaß und leitete eine kleine Maschinenbaufabrik in Swindon. Die Mama hatte Sinn fürs »Künstlerische« und betrieb als Hobby einen Antiquitätenladen in Hungerford. Dort hatten sie ein tolles Haus, unterbrach sie das Monstrum. Im Georgian style. Piekfein. David bekam den Eindruck von Wohlstand, von Eltern, die zu intelligent waren, um typisch provinziell zu sein, und daß sie nicht über sie reden wollte.

Sie schwiegen wieder. Und gerade als David überlegte, wie er sie unauffällig wieder zurück in die Gegenwart und nahe Zukunft führen könnte, war das Monstrum aufgesprungen und hatte sich über seinen Stuhl gebeugt.

»Ich gehe schlafen, David. Du brauchst nicht. Und Di ist ohnehin ein Nachtvogel.«

Sie warf ihm einen Kuß zu und war weg. Sie hatte es allzu plötzlich und offensichtlich inszeniert, und momentan war David aus der Fassung gebracht. Das Mädchen, mit dem er nun allein gelassen war, sah ihn nicht an; also wußte auch sie, daß es geplant war.

Er sagte: »Sind Sie müde?«

»Nein, es sei denn, Sie sind's.« Danach gab es eine betretene Pause. Sie murmelte: »Henry leidet unter Alpträumen. Deshalb schläft immer eine von uns beiden mit ihm in seinem Zimmer.«

Entspannt lehnte er sich in seinen Stuhl zurück.

»Wie hat er bloß ohne Sie beide existieren können?«

»Seine letzte Herzensdame hat ihn vor zwei Jahren verlassen. Sie war Schwedin. Und hat ihn irgendwie betrogen. Um Geld, glaube ich. Ich weiß nicht genau, er erwähnt es nie. Mathilde meint, es ging um Geld.«

»Und danach hat er versucht, allein auszukommen?«

Sie verstand den Wink und antwortete mit einem leisen Lächeln.

»Im vorigen Jahr hat er nicht viel gemalt. Und jetzt braucht er in seinem Atelier wirklich Hilfe.«

»Und wird sie wohl auch weiterhin bekommen, nicht wahr?« Es war eher eine Behauptung als eine Frage, und sie senkte den Blick.

»Anne hat wohl wieder mal den Mund nicht gehalten.«

»Hm . . . ja. Aber wenn . . .«

»Nein, es ist . . .«

Sie wandte sich weg, stützte die nackten Füße auf das Sofa und lehnte sich gegen eine der Armstützen. Sie spielte mit einem Knopf ihrer schwarzen Hemdbluse. Es war Rohseide, schwach glänzend; um Manschetten und Kragen zogen sich schmale golddurchwirkte Blenden.

»Was hat sie alles gesagt?«

»Nur, daß sie sich Sorgen macht.«

Einen langen Augenblick antwortete sie überhaupt nicht. Dann fuhr sie mit leiser Stimme fort.

»Darüber, daß Henry mich heiraten möchte?«

»Ja.«

»Hat es Sie schockiert?«

Er zögerte mit der Antwort. »Ein wenig schon.«

Sie nahm das hin.

»Ich habe mich aber noch nicht entschlossen.« Sie hob die Schultern. »Ich meine nur, daß, wenn man schon ohnehin alles das tut, was eine Ehefrau tun würde . . .«

»Stimmt es auch umgekehrt?«

»Er braucht mich.«

»Das habe ich eigentlich nicht gemeint.«

Wieder war sie still. Und wieder spürte er den inneren Kampf zwischen dem Bedürfnis, sich mitzuteilen, und einer Furcht davor, den er schon nach dem Brombeerpflücken bemerkt hatte. Aber nun gab sie nach.

»Es läßt sich schwer erklären, David. Ich meine, was geschehen ist. Natürlich kann ich ihn nicht körperlich lieben. Und ich weiß auch genau, daß seine Liebe zu mir mindestens zur Hälfte aus reinem Egoismus besteht. Daß jemand da ist, der sein Leben verwaltet. Aber er nimmt wirklich seine eigene Legende nicht mehr für bare Münze. Diese alte Roué-Masche, das ist für Besucher. Im Grunde ist er nämlich nur ein sehr einsamer und verängstigter alter Mann. Er würde wohl auch nichts mehr malen, wenn ich fortginge. Es würde ihn umbringen. Vielleicht sogar buchstäblich.«

»Warum sind die Alternativen entweder Ehe oder Trennung?«

»Das sind sie nicht. Es ist bloß, daß ich ihn gerade jetzt nicht im Stich lassen kann. Also was soll's. Wenn es ihn glücklicher macht.«

Sie spielte weiter mit ihrem Blusenknopf, den Kopf leicht gesenkt. Sie sah ein wenig aus wie ein schuldbewußtes kleines Kind. Die altklug hochfrisierten Haare, die nackten Knöchel und Füße. Sie saß mit angezogenen Knien.

»Anne hat mir auch gesagt, Sie wollten nicht den Anschein erwecken, als seien Sie hinter seinem Geld her.«

»Was die Leute sagen, ist mir gleich. Ich meine, was es mir ausmachen könnte.« Sie sagte: »Es geht nicht darum, daß er nicht weiß, was die Sammlung wert ist. Nach seinem Tod geht der Braque an die *Fondation Maeght*. Aber selbst ohne das. Ich meine, es ist so ein lächerlich falscher Maßstab. So was wie eine Entlohnung. Aber das weiß er ja.«

»Und was könnte es Ihnen ausmachen?«

Ein bitteres Lächeln. »Ich will Malerin werden. Und keine begüterte Witwe.« Leise fügte sie hinzu: »Coët, hinweg mit dir.«

»Die Dachkammermasche ist aber nicht mehr aktuell.«

»Soll es denn gar keinen Kampf mehr geben?«

»Jetzt weiß ich nicht mehr, wessen Partei ich ergreifen soll.«

Wieder lächelte sie, ohne ihn anzusehen.

»Ich bin erst dreiundzwanzig Jahre alt, David. Ein wenig zu jung, um so genau zu wissen, daß man niemals woanders leben möchte. Oder auf andere Weise.«

»Trotzdem reizt es Sie?«

Ihre Antwort kam zögernd.

»Die ganze Welt da draußen macht mir Angst. Nicht einmal bis Rennes möchte ich fahren. Alle diese Autos, Menschen, der Wirbel. Meine Eltern, ich müßte mich längst einmal wieder zu

Hause gemeldet haben. Und verschieb's immer wieder. Es ist einfach absurd. Als ob ich verhext bin. Ich hatte mich sogar vor Ihrem Besuch gefürchtet. Ihre Ausstellung hatte mir echt gefallen. Trotzdem hatte ich mir vorgenommen, Sie nicht zu mögen. Nur, weil Sie eben von draußen kamen und ich dachte, Sie könnten mich durcheinanderbringen ... und so weiter, Sie wissen ja.«

Sie hatte eines ihrer eigenen Bilder an der Wand hinter dem Sofa hängen lassen. Er wußte, daß das nicht etwa Eitelkeit war. Die letzten Zweifel über Annes Urteilsfähigkeit waren zerstreut worden; die kühle Selbstsicherheit am ersten Abend war nur eine Pose gewesen, genauso wie es die Gleichgültigkeit bei ihrer ersten Begegnung gewesen war. Aber das Bild hing dort als eine Art Mahnung an eine zwischen ihnen bestehende Identität, die immer stärker wurde. Pausen waren nicht mehr peinlich.

»Wissen Ihre Eltern, was sich hier tut?«

»Nicht alles ..., aber sie sind nicht so wie die von Anne. Ihnen könnte ich es begreiflich machen.« Sie hob die Schultern. »Darum geht es auch nicht. Es ist nur der Gedanke daran, daß ich meinen kleinen bewaldeten Mutterschoß verlassen sollte. Hier bleibt immer alles irgendwie möglich. Und ich traue mich einfach nicht, eine Entscheidung zu treffen. So oder so.« Ein winziges prasselndes Geräusch wurde hörbar, ein Nachtfalter, der gegen den Lampenschirm hinter dem Sofa flatterte. Sie sah auf das Licht und zurück in ihren Schoß. »Und dann mache ich mir Gedanken, ob ein Zusammenhang besteht zwischen der Entwicklung zu einem annehmbaren Künstler und ... Normalsein.«

»Indem Sie sich zu einem anomalen Verhalten zwingen, werden Sie aber keine bessere Malerin.«

»Um statt dessen genau das zu tun, was jedermann erwartet?«

»Sicher sollten Sie nur das tun, von dem Sie meinen, Sie brauchten es. Und jedermann sollte zum Teufel gehen. So oder so.«

»Ich weiß aber nicht, wie man das macht: aufgeben. Das ist mein Problem. Daß ich eben alles immer bis zum bitteren Ende durchstehen muß.«

»Das College haben Sie aber aufgegeben.«

»Ja, und das ging mir völlig gegen den Strich. Sie können es sich nicht vorstellen, wie sehr. Und wie ich versucht habe, zu beweisen, daß ich nicht das war, was ich bin. Und übrigens war das nur vom Regen in die Traufe. Denn jetzt bin ich schlimmer dran als zuvor.«

Sie hatte sich ein wenig beruhigt, die Knie aber noch hochgezogen. Die einzige Lampe im Zimmer stand auf dem Boden, hinter ihr. Davids Blick ruhte unverwandt auf ihrem beschatteten Profil. Im Haus und draußen herrschte eine tiefe nächtliche Stille, als seien sie ganz allein auf der Welt. Ihm war, als sei er viel weiter gereist, als er geplant hatte, in das Verwunschene und Nichtvoraussagbare; trotzdem war es auf eine seltsame Weise in ihm immer schon vorhanden gewesen. Es hatte ja kommen müssen, hatte seine Ursprünge gehabt, zu unauffällig und vielfältig, um vorher bemerkt oder gar jetzt analysiert zu werden.

»Dieses Liebesverhältnis ... von damals ... ist es schlecht ausgegangen?«

»Ja.«

»Seine Schuld?«

»Eigentlich nicht. Ich hatte zu viel erwartet. Und dann war er einfach eifersüchtig, weil ich eben den Studienplatz bekam.«

»Das hat mir Anne erzählt.«

Wieder schwiegen sie.

Er sagte: »Ich bin leider nicht sehr hilfreich.«

»Im Gegenteil.«

»Mit Gemeinplätzen.«

»Nein.«

Und wieder Stille, als wären sie buchstäblich allein im Forst, wie verborgene Vögel singen, mit Unterbrechungen, und insgeheim jedesmal den Standort ändern.

Sie sagte: »Anne hat diese unheimliche Fähigkeit, sich zu verschenken. Und die Hoffnung nicht zu verlieren. Eines Tages wird jemand Nettes erkennen, was er an ihr hat, wie sie wirklich ist. Hinter all dem Unsinn.«

»Was würde geschehen, wenn sie Sie hier allein ließe?«

»Das ist etwas, worüber ich nicht nachdenken möchte.«

»Warum?«

Wieder kam die Antwort zögernd.

»Weil ich das Empfinden habe, sie ist mein letzter Halt ... an der wirklichen Welt.« Und fügte hinzu: »Ich weiß, daß ich sie ausnutze. Ihre Zuneigung. Und dieses gewisse Chaos in ihr. Die ewige Studentin.« Ihre Hand glitt den Sofarücken entlang. »Manchmal frage ich mich tatsächlich, ob ich nicht einen Dachschaden habe.«

Damit hatte sie etwas gestreift, woran auch David ein paarmal während des Tages gedacht hatte. Er vermutete, daß in ihrer Andeutung, die Nichtnormale von beiden zu sein, so etwas wie ein Körnchen Wahrheit stecken müsse. Sie war vielleicht das Monstrum. Die physische Seite ihres Lebens mit Henry mußte ja ihrem »unschuldigen« Selbst zutiefst widerstreben. Und aus dieser Sicht war sie viel perverser als Anne. Und doch war das, was verdrängt wurde, normale Sexualität, Weiblichkeit, die laut danach rief ...

Sanft sagte er: »Nichts zu machen. Da kenne ich mich aus.«

»Es war auch nicht ernst gemeint. Wir haben es sogar in Erwägung gezogen. Wir ...«, aber sie sprach den Satz nicht zu Ende.

»Ich glaube fast, daß diese bemerkenswerte Ehrlichkeit, die Sie sich selbst gegenüber haben, auch eine Gefahr bedeutet. Sie wissen doch. Instinkt hat immer etwas für sich.«

»Ich glaube nicht sehr an meinen Instinkt.«

»Warum nicht?«

»Weil ich ein Einzelkind war und deshalb keine Vergleichsmöglichkeiten hatte. Man kann seine eigenen Altersgenossen so gründlich falsch verstehen. Zum Beispiel Anne. Wir wohnten zwar im selben Haus, aber ich konnte sie während der ersten Monate überhaupt nicht ausstehen, ich dachte, sie wäre nichts weiter als eine kleine Schlampe. Dann bin ich einmal zufällig in ihr Zimmer gegangen, um was zu borgen. Und sie hatte gerade geweint – es war etwas mit ihrer Schwester, irgendein Wirbel zu Hause. Dann sind wir ins Gespräch gekommen. Sie hat mir alles erzählt. Und seitdem sind wir befreundet.« Einen Augenblick lang sagte sie nichts. »Und dasselbe war mit Tom passiert. Nur umgekehrt. Er hatte angefangen, mir leid zu tun. Im Grunde war er nämlich unheimlich unsicher. So ist das: Erst rümpft man die Nase über jemanden, der ein goldenes Herz hat, und dann gibt man jemandem, der es nicht verdient, Leib und Seele.« Sie sagte: »Ich hab's wirklich versucht. Nachdem es aus war mit Tom. Am College. Mit einem anderen ersten Semester. Er war nett . . ., aber es war nur Bett. Und weil ich einsam war.«

»Vielleicht stellen Sie zu hohe Ansprüche.«

»Meinen Sie, ich brauche jemand, der weiß, wie ich bin?«

»Sie machen's ihm schwer. Wenn Sie sich verstecken.«

Sie schüttelte den Kopf. »Vielleicht will ich einfach nicht, daß es jemand erfährt. Ich weiß wirklich nicht weiter.«

Wieder herrschte Stille. Sie sah unverwandt auf ihren Rock. Er beobachtete, wie sie sich metaphorisch ausgezogen hatte, und verglich ihre Nacktheit mit der vorherigen, tatsächlichen und wußte, daß es immer weniger Worte bedurfte, daß sie, gleichgültig, wie aufrichtig und mitfühlend, in dieser Situation immer überflüssiger wurden. Mit winzigen Flügelschlägen prasselte das Insekt gegen den Lampenschirm. Andere Falter hatten sich verstreut auf der Fensterscheibe draußen über ihrem Arbeitstisch gruppiert, blasse hellbraune Flecken zarter, törichter Lebewesen, die das Unmögliche ersehnten. Psychen. Die Grausamkeit von Glas: Durchsichtig wie Luft, entzweiend wie Stahl. Wieder nahm sie das Wort auf.

»Neuerdings jagen mir fremde Menschen Furcht ein. Lächerlich, neulich sind Anne und ich in Rennes von zwei Jurastudenten angesprochen worden – hat sie Ihnen erzählt?«

Sie sah zu ihm hinüber. Er schüttelte den Kopf.

»Ich hatte auf einmal schreckliche Angst, daß sie alles über Coët herausbekommen könnten. Daß sie womöglich hierher kommen wollten. Als ob ich unberührt, eine Jungfrau wäre. Eine Nonne. Es ist so mühselig, neue Menschen kennenzulernen. All diese Mißverständnisse. Oder die, die ich anscheinend verursache.«

Er hätte darüber lächeln können: eine absurde Behauptung. Vielleicht hatte sie das gespürt. Jedenfalls sagte sie: »Anwesende ausgeschlossen.«

Er erwiderte leise: »Ganz so selten doch wohl nicht, oder?«

Sie nickte, einmal, aber sagte nichts. Es war, als sei sie festgefroren auf dem Sofa, hypnotisiert von ihren Händen und von der Notwendigkeit, ihn nicht anzusehen.

»Ich wollte Sie kennenlernen. Im vergangenen November.

Nach der Vernissage. Um mit Ihnen über meine Arbeit zu sprechen.«

Er lehnte sich vorwärts. »Ja, warum um Himmels willen ... Es hätte sich doch ohne weiteres machen lassen.« Am Nachmittag hatten sie nämlich entdeckt, daß David ihren Lehrer an der Hochschule kannte.

Sie gab ihm ein leises Lächeln. »Aus denselben Gründen, aus denen ich bis heute gewartet hatte.« Sie fügte hinzu: »Und auch wegen meiner einzigen bisherigen Erfahrung, mich ungebeten in das Leben eines erfolgreichen Malers einzuladen.«

Er nahm auf einmal wahr, wie sehr und seltsam das menschliche Dasein von rein Zufälligem bestimmt werden kann; wie wenig es bedurft hätte – ein einziges Wort von ihr, ein abgehobener Telefonhörer –, damit es ein solches Treffen gegeben hätte. Und danach? Was? Würde auch in London dieselbe Alchimie gewirkt haben? Er wußte es nicht, er wußte nur, daß das Jetzt prägnanter, isolierter und auch wohl unausweichlicher war. Und er vermutete – so gut verstand er sie jetzt –, warum das Wort eben nicht gefallen war: nicht so sehr aus Scheu, eher aus einer Art Stolz. Im Katalog war ein Foto von ihm gewesen, eine Kurzbiographie – verheiratet, zwei Töchter. Vielleicht hatte auch das mitgespielt, war bereits Flucht vor potentiellen Mißverständnissen gewesen. Es gab keine, wenn man sich nicht der Gefahr aussetzte.

»Und wünschen Sie jetzt, Sie hätten es getan?«

»Zum Wünschen ist es zu spät.«

Und wieder sprach keiner von beiden. Dann beugte sie sich nach vorn und berührte mit der Stirn ihre Knie. Ein paar Sekunden fürchtete – und hoffte – er, sie würde weinen. Aber mit einem plötzlichen Stimmungsumschwung oder als Reaktion auf das, woran sie gerade dachte, hatte sie die Füße vom Sofa genommen, auf den Boden gestellt und war aufgestanden. Er sah ihr nach, als sie zu ihrem Arbeitstisch ging. Einen Augenblick lang starrte sie auf ihre Zeichenmappe, dann hob sie den Kopf und blickte durchs Fenster in die Nacht hinaus.

»Es tut mir leid. Deswegen sind Sie nicht hierhergekommen.«

»Ich möchte Ihnen aber verzweifelt gerne helfen.«

Langsam band sie die Schleifen der Mappe zusammen. »Das haben Sie schon getan. Mehr, als Sie ahnen.«

»Ich merke aber nichts davon.«

Sie sagte einen Augenblick lang nichts.

Dann: »Was sollte ich Ihrer Meinung nach tun?«

Er zögerte und lächelte dann. »Jemanden wie mich finden. Der nicht verheiratet ist. Vorausgesetzt, das klingt nicht allzu eingebildet.«

Sie band die letzte schwarze Schleife zu.

»Und was ist mit Henry?«

»Nicht einmal ein Rembrandt hat das Recht, das Leben eines anderen zugrunde zu richten.«

»Ich bin nicht sicher, ob es nicht schon zugrunde gerichtet ist.«

»Sie bemitleiden sich selbst. Das paßt nicht zu Ihnen.«

»Gut: Sagen wir, ich bin feige.«

»Auch das paßt nicht zu Ihnen.« Er sah, wie sie wieder ins Dunkel jenseits des Fensters starrte. »Ich weiß, daß er Angst hat, Sie könnten ihn verlassen. Er hat's mir gestanden. Vor dem Abendessen. Sein ganzes Leben lang haben die Frauen ihn verlassen. Deshalb glaube ich, er ist abgehärteter, als Sie vermuten.« Und fügte hinzu: »Möglicherweise könnten wir etwas tun, um ihm den Übergang leichter zu machen. Zumindest jemanden finden, der ihm im Atelier hilft.«

Er kam sich vor wie ein Verräter, aber in einer gerechten Sache. Sie nahm die Mappe vom Tisch und stellte sie wieder auf den Boden; dann rückte sie den hölzernen Stuhl in die Mitte vor den Tisch. Aber sie behielt die Hände auf der Lehne, den Kopf weggewandt.

»Es klingt nicht eingebildet, David. Aber wo finde ich ihn?«

»Die Antwort darauf wissen Sie.«

»Ich habe übrigens meine Zweifel, ob man mich am College wieder aufnehmen würde.«

»Das könnte ich sehr schnell herausfinden. Wenn ich zurückkomme.«

Sie stellte sich hinter das Sofa und sah ihn darüber hinweg an.

»Darf ich mich bei Ihnen melden? Falls ich . . .?«

»Henry hat meine Adresse. Jederzeit. Und zwar ehrlich.«

Sie senkte die Augen. Er wußte, daß er aufstehen sollte, daß das Zubinden der Zeichenmappe eine Verabschiedung gewesen war, daß es spät war. Sie hatte sich nicht wieder hingesetzt. Trotzdem spürte er deutlich, daß sie ihn nicht gehen lassen wollte, daß auch er nicht gehen wollte, daß gerade jetzt, mehr als zuvor, hinter aller Aufrichtigkeit, allen guten Ratschlägen, zwischen Meister und Schüler eine Wahrheit unausgesprochen geblieben war. Ein Vorwand, ein uneingestandenes Wissen um eine gemeinsame Vorstellungswelt war in der Luft hängengeblieben, war in ihrer halbverborgenen Silhouette gegen den Lichtfleck auf dem Boden hinter ihr, in der Stille, dem Bett in der Ecke, den tausend Geistern alter Räume. Vielleicht war er betäubt, die Erkenntnis war so schnell gekommen . . ., als sei sie im Raum, nicht in ihm selbst. Und wie wenig Geduld sie hatte mit Schranken, Hindernissen, wie vor ihr Wahrheit und Begehren ihre konventionellen Hüllen abwerfen mußten; er begehrte die Wahrheit, bewahrheitete das Begehren, er las Gedanken, sprang über Brücken, wollte es so sehr, physisch und psychologisch zugleich. Und daß das Morgen, das Ende von allem, so nahe war, das war unerträglich. Er mußte sich daran festklammern, obwohl es ihm peinlich war, irgendein obskurer Gesichtsverlust war damit verbunden, daß sich der gütige väterliche Freund geschwind als Kaiser ohne Kleider entpuppte.

Er flüsterte: »Ich sollte mich verabschieden.«

Sie lächelte zu ihm auf, viel unverbindlicher, als hätte er sich nur etwas eingebildet.

»Neuerdings gehe ich gern noch ein bißchen im Garten spazieren. Wie Maud. Vor dem Zubettgehen.«

»Soll das eine Einladung sein?«

»Ich verspreche, nicht mehr von mir zu reden.«

Die uneingestandene Spannung hatte sich gelöst. Sie ging durchs Zimmer und holte sich aus einer bemalten Kommode eine Wolljacke, drehte sich um, schlüpfte in die Ärmel und befreite eine Haarsträhne, die sich im Nacken verfangen hatte; lächelnd, fast flott.

»Haben Sie feste Schuhe an? Es ist alles naß von Tau.«

»Keine Angst.«

Schweigend gingen sie die Treppe hinunter und durch die Gartentür. Sie konnten den Vorderausgang nicht benutzen, denn Macmillan hätte Lärm geschlagen. Er wartete, während sie sich Gummistiefel anzog, und dann verließen sie das Haus.

Der aufgehende Mond hing über dem langgestreckten Dach, zwischen Halb- und Vollmond und leicht verschleiert, die Sterne schwach schimmernd nur, ein einziger heller Planet. Durch ein Fenster drang etwas Licht, die Lampe im Korridor vor Henrys Schlafzimmer. Sie gingen über den Rasen, dann über den Hof und an dem Ateliergebäude vorbei. Am anderen Ende führte ein kleines Tor in einen zweiten Obstgarten. Zwischen den Bäumen hindurch verlief ein abgemähter Pfad. Im Hintergrund die schwarze Wand des Waldes. Tautropfen hingen im Gras, aber es war warm, windstill, eine letzte Sommernacht. Die geisterhaften Apfelbäume hatten alle ihre Farbe verloren; Grillen zirpten. Verstohlen warf David einen Blick auf die junge Frau an seiner Seite; wie sie beim Gehen die Füße setzte, auf den Weg achtete, wie sie schwieg und sich strikt an ihr Versprechen hielt. Aber er hatte es sich nicht eingebildet, es war hier und jetzt, das Ungesagte. Er verspürte es in jedem Nerv, in jeder warnenden Faser. Er war nun am Zug: Und wich zurück in die Sprache.

»Ich komme mir vor, als sei ich schon einen Monat hier.«

»Gehört zu der Verzauberung.«

»Meinen Sie?«

»Alle diese Legenden. Ich lache jetzt nicht mehr darüber.«

Sie sprachen fast flüsternd, wie Diebe; Angst vor den Ohren des unsichtbaren Hundes. Er wollte die Hand ausstrecken und ihre halten.

Ein letzter Versuch, Distanz zu schaffen. »Bestimmt wird er eines Tages da sein, der Ritter in der goldenen Rüstung.«

»Freilich; und zwei Tage hierbleiben. Und dann wieder verschwinden.«

Es war gesagt worden. Sie gingen weiter, als sei es nicht gesagt worden – mindestens fünf Sekunden lang.

»Diana, darauf wage ich nicht zu antworten.«

»Das hatte ich auch nicht erwartet.«

Er hatte die Fäuste in den Jackentaschen vergraben und vorwärtsgeballt.

»Könnte man doch als Doppelwesen existieren.«

Sie flüsterte: »Durchblicke.« Und dann: »Coët hat schuld.«

»Wo eben nicht alles möglich ist.« Er fügte hinzu: »Leider.«

»Ich hatte mir von Ihnen so viel vorgestellt. Als ich erfuhr, daß Sie kommen würden. Alles, nur nicht, daß ich Sie nicht würde gehen lassen wollen.«

»Mir geht es genauso.«

»Wenn Sie nur nicht allein gekommen wären.«

»Ja.«

Und wieder hatte er das unheimliche Gefühl geronnener Zeit und gleichzeitig normalen Ablaufes, von einem Impuls, der in der Tat zauberhaft und sagenhaft war. Immer wieder fand er sich dem voraus, wo er war; wo er hätte sein sollen.

Und er dachte an Beth, wahrscheinlich schon im Bett, eingeschlafen, in Blackheath, in einer anderen Welt; dachte daran, wie absolut gewiß er war, daß kein anderer Mann neben ihr lag. Er fürchtete sich nur davor, eines Tages diese Gewißheit zu verlieren. Kindisch: Denn wenn er untreu war, warum durfte sie es nicht auch sein? Wo war da die Logik? Sie versagten sich ja auch nicht den ausschließlichen Genuß irgendeiner anderen Art von Vergnügen, sei es eine gute Mahlzeit, ein Kleiderkauf, eine Ausstellung. Sie hatten nichts gegen sexuelle Freizügigkeit bei anderen Menschen, bei Freunden, Bekannten; wenn sie überhaupt gegen etwas waren, so waren es Verallgemeinerungen über solche Dinge, moralische Werturteile. Sich nicht betrügen, das war eben Sache des Geschmacks, und der ihre entsprach dem rein zufällig; wie bestimmte Essensgewohnheiten, Übereinstimmungen bei der Auswahl von Vorhangstoffen. Wovon man eben zufällig lebte und womit. Warum gerade hier eine Ausnahme machen? Warum sich diese Erfahrung versagen, die seiner künstlerischen Seele wohltat, warum das Leitmotiv im Leben des Alten ignorieren? Nimm, was dir geboten wird. Es ist ja so wenig: eine Wärme, ein Sichfestklammern, ein kurzes Eindringen in den Körper eines anderen. Ein kleiner, befreiender Akt. Und gleichzeitig die Angst davor, die Ungeheuerlichkeit, etwas zu vernichten, was man so sorgfältig errichtet hat.

Sie hielten vor einem Tor am äußersten Ende des Obstgartens.

Jenseits führte ein blasser Reitweg in den Wald.

Sie sagte: »Es ist alles meine Schuld. Ich ...«

»Ihre?«

»Ja. Märchen. Dornröschengeschichten.«

»Sie konnten miteinander leben. Danach.«

Er dachte indessen: Würde ein Märchenprinz, der etwas auf sich hielt, etwa nein gesagt haben, nur weil sie es eben nicht konnten? Als sie wartete, sagte sie nichts – oder alles. Kein Rückhalt mehr. Wenn du willst.

Er hatte es sich sehr kurz vorgestellt. Aber als er ihren Mund gefunden und ihren Körper gespürt und ihre Arme um seinen Hals gefühlt hatte, war es keineswegs kurz. Und sehr bald hörte es auf, etwas anderes als erotisch zu sein. Er wurde körperlich begehrt – und gefühlsmäßig, und er wollte es ganz verzweifelt auch auf beide Arten. Sie lehnten sich zurück gegen das Tor, ihr Körper an seinen gepreßt. Er spürte den Druck ihrer Hüften, ihre Zunge und alles, was sie an Nachahmung bot, und leistete keinen Widerstand. Sie war es, die es beendete und ihren Mund unvermittelt wegzog, den Kopf an seinen Hals lehnte. Ihre Körper blieben aneinandergeklammert. Er küßte ihren Scheitel, und so standen sie, wortlos, fast eine Minute lang. Ein paarmal strich er ihr sanft über den Rücken und sah starr in die Nacht und die Baumkronen, sah sich selbst wie einen Fremden dort stehen, jemand anderen, in einem anderen Leben. Schließlich löste sie sich sachte und drehte sich um zu dem Tor und stand mit dem Rücken zu ihm, den Kopf gesenkt. Er legte den Arm um ihre Schultern und zog sie ein wenig an sich und küßte wieder ihr Haar.

»Bitte verzeih.«

»Aber ich wollte es ja.«

»Nicht nur das. Alles.«

Sie sagte: »Es ist alles Lüge, nicht wahr? Es existiert tatsächlich.«

»Ja.«

Sie schwiegen beide.

»Während der ganzen Zeit, in der wir miteinander gesprochen haben, habe ich gedacht, wenn er mit mir schlafen will, werde ich ja sagen, und damit wird alles gelöst sein. Ich werde Gewißheit haben. So einfach würde es sein.«

»Wenn es nur so einfach wäre.«

»So viele: wenn es nur.« Er zog sie ein wenig fester in seinen Arm. »Es ist wirklich paradox. Da lesen wir von Tristan und

Isolde. Wie sie im Walde lagen, das Schwert zwischen ihnen. Diese blöden alten Menschen aus dem blöden alten Mittelalter. Mit ihrem unsinnigen Keuschheitswahn. Und dann . . .«

Sie entzog sich ihm und stand ein paar Schritte entfernt von ihm an einem der Torpfosten.

»Bitte weine nicht.«

»Es geht schon, David. Laß mich nur eine Sekunde.« Sie sagte: »Und bitte sag auch nichts weiter. Ich verstehe.«

Er suchte nach Worten, fand aber keine; oder jedenfalls keine, die ihn verständlich machten. Und ein drittes Mal fühlte er sich vorwärts gerissen – über Sex, über Verlangen hinaus – bis dorthin, wo man – sie hatte es gesagt – Durchblicke hatte . . ., und vor diesem Hintergrund zeichnete sich jene von ihm einst analysierte Konfrontation ab, der Brennpunkt desselben Pisanello-Meisterwerkes, nicht die größte, aber vielleicht die mysteriöseste in der gesamten europäischen Malerei; sie war ganz beiläufig zu Beginn des Abends im Gespräch mit dem Alten aufgekommen: jener außergewöhnliche, nach innen gekehrte, verlorene Blick des Schutzheiligen der Ritterlichkeit auf der einen Seite – und auf der anderen der unversöhnlich grollende und erstarrte Blick der opferbereiten, zu rettenden Prinzessin von Trapezunt. Sie hatte Beths Gesicht. Er las Bedeutungen, die er nie zuvor gesehen hatte.

Die schlanke Gestalt des den Drachen verkörpernden Mädchens drehte sich um, auf ihrem Gesicht ein halbes Lächeln. Sie streckte die Hand aus.

»Sollen wir so tun, als sei dies niemals geschehen?«

Er nahm die Hand, und sie gingen wieder auf das Haus zu.

Er murmelte: »Ich könnte so vieles sagen.«

»Ich weiß.«

Sie drückte seine Hand: Sag's nicht. Nach ein paar Schritten verschränkten sich ihre Finger und hielten sich fest; blieben verschränkt, als wollte man sie voneinander lösen, während sie doch nicht getrennt werden durften; und auch, als ob Hände wüßten, wie »toll diese Sterblichen«, oder vielleicht nur ihre sterblichen Absichten und sterblichen Worte, waren. Er sah sie wieder nackt, sah die Flächen, Kurven, Winkel ihres Körpers auf dem Gras; er fühlte ihren Mund, spürte die Hingabe darin. Die Ehe, das war eine Falle, wenn das Körperliche zu Zuneigung, vertrauten Situationen, vertrauten Spielen, zu einer ungefährlichen, beiderseitig geübten Kunst und Wissenschaft geworden war; man hatte vergessen, was es hieß, sich verzweifelt vorzutasten, was wildes, neugieriges Begehren war. Zu schenken. Und beschenkt zu werden.

Er mußte ihre Hand loslassen, um das Tor zwischen Obstgarten und Hof zu öffnen und wieder zu schließen. Das Schloß schnappte mit einem leisen, metallischen Geräusch ein, und Macmillan schlug irgendwo im vorderen Teil des Hauses an. Dann hatte David wieder ihre Hand ergriffen. Schweigend gingen sie an dem Atelier vorbei, er konnte durch das nordwärts gelegene Fenster den langen schwarzen Schatten der unfertigen *Kermesse* auf ihrem gezimmerten Gestell schlafen sehen. Garten, neurotisch mißtrauischer Hund, sein noch immer vernehmbares Gebell. Sie hatten das Haus erreicht und immer noch kein Wort gewechselt. Sie gingen hinein. Sie ließ seine Hand los und bückte sich, um die Gummistiefel abzustreifen. Ein schwacher Lichtschein im oberen Korridor griff nach ihnen. Sie richtete sich auf, und er suchte in der Dunkelheit ihre Augen.

Er sagte: »Ich weiß, es ist keine Lösung. Aber nimm mich in dein Bett.«

Sie sah ihn einen Augenblick lang unverwandt an. Dann senkte sie den Blick wieder und schüttelte den Kopf.

»Warum denn nicht?«

»Weil Märchenprinzen und fahrende Ritter ihre Rüstung nicht ablegen sollten.«

»Mit all ihrem falschen Glanz?«

»Das habe ich nicht gesagt.«

»Als eine Art Teufelsaustreibung.«

»Ich will ihn aber nicht ausgetrieben haben.«

Er hatte damit nur deutlich gemacht, was draußen, auf dem Heimweg, angedeutet war: Dieses gespannte Verflechten der Finger, dieses Schweigen. Körper sprechen lauter als Worte; jetzt, was immer das Morgen sein wird.

Er sagte: »Du weißt, es ist nicht bloß . . .«

»Auch deshalb geht es nicht.«

Er suchte weiter nach Auswegen; Gründen.

»Weil ich gezaudert hatte?«

Sie schüttelte den Kopf und sah ihm dann in die Augen. »Ich werde dich niemals vergessen. Diese beiden Tage.«

Sie tat einen plötzlichen Schritt und griff nach seinen Armen, ehe sie sich heben und um sie schließen konnten. Er spürte den raschen Druck ihrer Lippen auf seinem Mund, dann ging sie auf die Treppe zu. Am Fuß drehte sie sich noch einmal um, zögerte für den Bruchteil einer Sekunde, als sie merkte, daß er ihr gefolgt war. Vorbei an der Tür zu Henrys Zimmer, den Korridor entlang. Sie blickte sich nicht um, aber sie mußte ihn dicht hinter sich gehört haben. Mit dem Rücken zu ihm stand sie vor seiner Zimmertür.

»Laß mich dich nur ein wenig in meinen Armen halten.«

»Das würde die Sache nur verschlimmern.«

»Aber vor einer knappen Stunde wolltest du . . .«

»Das war mit jemand anderem. Und ich war jemand anderes.«

»Vielleicht hatten die beiden recht.«

Sie blickte den Korridor entlang und auf ihre eigene Tür.

»Wo wirst du morgen um diese Zeit sein, David?«

»Ich möchte trotzdem mit dir ins Bett gehen.«

»Aus Barmherzigkeit.«

»Weil ich dich will.«

»Vögeln und vergessen?«

Er ließ eine gekränkte Stille folgen. »Warum so tierisch?«

»Gerade weil wir keine Tiere sind.«

»Dann würde es auch nicht so sein.«

»Sondern schlimmer. Wir würden es nicht vergessen.«

Er kam ganz nahe an sie heran und legte die Hände auf ihre Schultern.

»Begreife doch, daß die Mißverständnisse hauptsächlich Worte waren. Ich will dich nur ausziehen und . . .«

Einen flüchtigen Augenblick lang glaubte er, den Schlüssel gefunden zu haben. Irgend etwas in ihr war immer noch unentschlossen. Die überwältigende Nähe, das stille Einverständnis von allem, das sie umgab – ein paar Schritte, hastig im Dunkeln ausgezogene Kleidung, Versinken, Erkennen, Besitzen, Freigeben.

Ohne sich umzudrehen, langte sie hoch und erfaßte seine Hand auf ihrer Schulter in einem festen Griff. Dann ging sie weiter. In einer Art ungläubigen Verzweiflung flüsterte er ihren Namen. Aber sie blieb nicht stehen, und er war wie erstarrt, wie gelähmt. Er sah ihr nach, wie sie in ihr Zimmer ging, die Tür zufiel, und er war allein geblieben mit der gequälten und quälenden Ernüchterung eines Mannes, der eine folgenschwere Entscheidung getroffen hat, nur um sie ganz leichtfertig abgetan zu sehen. Er ging in sein Zimmer und stand im Dunkeln, erfüllt von Zorn und Zweifeln; in dem alten goldgerahmten Spiegel konnte er undeutlich seine Umrisse erkennen. Ein Gespenst. Ein Un-Mann. Und das Entsetzliche war, daß er immer noch vorwärts geschleudert wurde, immer noch zerrann, immer noch verwirklichte; so wie man über seltene übersinnliche Erscheinungen etwas liest, sie sich vergegenwärtigt und wie, geschehen sie schließlich, man sie nicht einmal wahrgenommen hat. Ein Teil in ihm – er war schon verzweifelt bereit, zu verkleinern, abzuwerten – sah darin nichts als eine perverse Laune; ein anderer aber fühlte einen akuten Verlust, ein Gespaltensein, niedergeschmettert und auf ewig beraubt . . . und verraten. Er begehrte mit allem, was in ihm war – und nun war es zu spät; etwas, das es nicht gab, hatte ihn gebrandmarkt, ein Gefühl ihn geschüttelt, das hoffnungslos passé war. Jetzt bereits, als er so dastand, wußte er, daß es viel mehr als ein sexuelles Erlebnis war: ein Fragment einer alle Logik, alle Vorgänge umkehrenden Erfahrung, die neue Sonnen, neue Evolutionen, neue Weltalle aus dem Nichts zünden ließ. Es war metaphysisch, etwas, das viel weiter reichte als das Mädchen, eine Qual, ein Gefühl, eine Freiheit verloren zu haben, deren wahres Wesen er gerade eben erfahren hatte.

Zum ersten Mal in seinem Leben erkannte er mehr als nur die Tatsache des Seins: nämlich die Leidenschaft des Daseins.

Inzwischen aber, im Hier und Jetzt, verspürte er ein heftiges Verlangen nach Strafe – für sich selbst, das Mädchen, das ihm so nahe, Beth, die so weit weg war in der Londoner Nacht. Das Wort, das sie gebraucht hatte . . . Er sah sie auf dem Sofa sitzen, sah ihren gesenkten Kopf am Gartentor und nun ihr beinahe maskenhaft unbewegtes Gesicht im Dunkeln unten im langen Zimmer . . . unerträglich, unerträglich, unerträglich.

Er trat zurück auf den Korridor und warf einen Blick auf Henrys Zimmertür; dann ging er bis zu der Tür am anderen

Ende. Er klopfte nicht an. Aber die Tür wurde auch nicht aufgemacht. Er drückte die Klinke herunter und wartete einen Augenblick. Dann erst klopfte er leise an. Es kam keine Antwort.

Er wachte auf, als jemand seine eigene unverschlossene Zimmertür öffnete. Es war Viertel nach acht. Das Monstrum kam an sein Bett mit einem Glas Orangensaft, das sie ihm reichte, als er sich aufsetzte. Momentan hatte er alles vergessen; dann fiel es ihm wieder ein.

»Ihr Frühappell, Messire.«

»Danke.«

Er nahm einen Schluck Orangensaft. Sie hatte einen Rollkragenpullover an und einen Rock, der bis an die Knie reichte; in diesem Aufzug sah sie ungewohnt häuslich aus. Ihre Augen ließen ihn nicht los; unvermittelt setzte sie sich auf den Bettrand. Dann las sie ihm vor, was auf einem aus einem Notizblock gerissenen Zettel stand, den sie in der Hand hielt.

»›Bestelle Henry, ich bin einkaufen gefahren. Zurück nach dem Mittagessen.‹«

Sie sah hinauf an die Wand bei der Tür; Davids Blick vermied sie dabei geflissentlich. Ebenso geflissentlich wartete sie auf ein erklärendes Wort von ihm.

»Sie ist ausgegangen?«

»Sieht so aus, offenbar.« Er schwieg, sie wartete. »Also, was ist passiert?«

Er zögerte. »Wir hatten eine Art Mißverständnis.«

»Fein. Und worum ging's?«

»Es wäre mir lieber, sie würde es dir erzählen.«

Der abweisende Ton vermochte nicht, sie abzubringen.

Sie holte tief Atem.

»Ihr habt euch unterhalten?« Er schwieg. »Weil ich wissen möchte, warum sie einfach abgehauen ist, deshalb.«

»Ist das nicht klar? Weil sie mich nicht mehr sehen will.«

»Aber warum denn, um Himmels willen?« Sie sah ihn scharf und vorwurfsvoll an. »Gestern, den ganzen Tag über. Ich bin doch nicht blind.« Sie sah zur Seite. »Di unterhält sich nicht mit Unbekannten. Muß schon was ganz Tolles sein, um diese Blokkierung zu durchbrechen.«

»Das habe ich nicht übersehen.«

»Aber ihr habt euch bloß unterhalten.« Wieder gab sie ihm einen bohrenden Blick. »Wahr und wahrhaftig, ich finde dich gemein. Du weißt genau, es geht nicht bloß um Sex. Nur darum, daß sie jemanden Nettes braucht. Jemand, der ihr versichert, sie ist in Ordnung, sie ist normal, sie macht Männer scharf.«

»Ich glaube, sie weiß das.«

»Warum ist sie dann weggefahren?«

»Weil es nichts mehr zu sagen gibt.«

»Und weil du deine beschissenen Prinzipien nicht einmal für eine Nacht vergessen konntest.«

Er richtete seine Worte an das Glas, das er in der Hand hielt. »Du faßt das alles falsch auf.«

Sie sah ihn unverwandt an, dann schlug sie sich an die Stirn. »O Gott. Nein. Sie hat nicht . . .?«

Er murmelte: »Wollte nicht.«

Sie lehnte sich vornüber und hielt ihren Haarschopf fest.

»Ich geb's auf.«

»Das darfst du aber nicht. Weil sie dich braucht. Jetzt mehr als je.«

Einen Augenblick später lehnte sie sich zurück und sah ihn mit einem schiefen Grinsen an. Dann berührte sie seinen Fuß unter der Bettdecke.

»Entschuldige. Ich hätte mir das denken sollen.«

Dann stand sie vom Bettrand auf und ging zum Fenster. Sie öffnete die Läden und blieb stehen, wo sie war, und sah unverwandt hinaus. Ohne sich umzudrehen, sprach sie wieder.

»Wegen Henry?«

»So sind wir nun eben.«

»Ich hab's mir also nicht nur eingebildet?«

Er hatte sich auf einen Ellbogen gestützt und starrte auf die Bettdecke. Er war verlegen, fühlte sich in jedem Sinne ausgezogen. Gleichzeitig empfand er den Zwang, sich noch weiter entblößen zu müssen. »Ich hatte nicht geglaubt, daß so etwas passieren kann.«

»Es ist die Umgebung hier. Man denkt, phantastisch. Wenn man zuerst herkommt. Und danach merkt man, es ist *der* miese Trip.«

Darauf folgte Schweigen. Sie sagte: »Mein Gott, was für eine beschissene Situation, nicht wahr?« Sie sah hinauf in den blauen Morgenhimmel draußen. »Dieser sadistische alte Kacker da oben. Ihr beiden schient füreinander gemacht. Braucht euch wirklich.« Sie warf ihm einen vorwurfsvollen Blick zu. »Du hättest es schaffen sollen, David. Nur dies eine Mal. Nur, um dem alten Scheusal eins auszuwischen. Nur um meinetwillen.«

»Wir haben aber nicht deine Art von Mumm, Anne. Das ist alles.«

»Freilich. Ich kann nur einspurig denken, oder?«

Er sagte leise: »Quatsch.«

Sie kam zurück und stellte sich an das Fußende des Bettes und beobachtete ihn.

»Zuerst war ich dir wohl nicht sehr sympathisch, was?«

»Jetzt erinnere ich mich kaum noch daran.«

Sie prüfte das Lächeln und seinen Blick auf ihre Echtheit; dann biß sie sich unvermittelt auf die Lippen und streifte den Pullover ein wenig an der Seite hoch. Oberhalb des Rockbunds blitzte ein Stück nackte, sonnengebräunte Haut.

»Wie wär's mit mir als Ersatz? Hast du Zeit für 'ne schnelle Nummer?«

Er mußte lachen. »Anne, du bist unmöglich.«

Sie stellte das Knie auf das Fußende des Bettes, kreuzte die Arme, als wollte sie den Pullover ganz abstreifen, und beugte sich vornüber zu ihm; nur ihre Augen spotteten noch.

»Ich kenne allerhand Tricks.«

Er reichte ihr das leere Glas.

»Ich werde mich bemühen, sie mir vorzustellen. Beim Rasieren.«

Sie drückte die Hände auf ihr Herz und verdrehte den Blick. Dann nahm sie ihm das Glas ab. Einen Augenblick stand sie über ihm.

»Also ich finde, Di ist bescheuert.« Sie streckte den Zeigefinger aus und gab ihm einen Nasenstüber. »Du bist nämlich fast eine Wucht. Für jemand, der als Spießer zur Welt gekommen ist.«

Beim Weggehen schoß sie ihren letzten spitzen Pfeil ab. Ihr Kopf kam noch einmal durch die halboffene Tür.

»Übrigens hab ich's nicht gut übersehen können: auch sehr gut ausgestattet.«

Ihre Gutmütigkeit, ihre Offenheit; selig sind, die da arm an Geschmack sind. Aber dieser leichte Hauch von Wärme, von Zuneigung war schnell verschwunden, weg, noch ehe ihre Schritte verklungen waren. David legte sich zurück und sah unverwandt an die Zimmerdecke und versuchte, zu verstehen, was passiert war, wo er sich danebenbenommen hatte, warum sie ihn dazu verurteilt hatte. Ernüchterung überschwemmte ihn, er fühlte sich unerträglich deprimiert und tief erschüttert. Ein endlos langer Tag lag vor ihm. Ihr Körper, ihr Gesicht, ihre Psyche, ihr Talent: Sie war draußen, irgendwo in den Bäumen, und wartete auf ihn. Das Unmögliche war geschehen: Er hatte sich verliebt; wenn nicht ganz und gar in sie, dann zumindest ganz und gar in das, was er für Liebe hielt. Stände sie in diesem Augenblick in der Tür, hätte sie ihn angefleht, nicht wegzugehen, sie von hier wegzunehmen ... wer weiß. Vielleicht wäre das Gefühl, versagt zu haben, der Schmerz der für immer versäumten Gelegenheit weniger heftig gewesen, wären sie zusammen ins Bett gegangen, hätte er sie bloß nackt die kurze Nacht lang neben sich gefühlt.

Aber er wußte, daß auch das illusorisch war. Danach wäre eine endgültige Trennung unmöglich gewesen. Selbst wenn er nach Paris gefahren wäre, wie er es nun mußte; möglicherweise hätte er einen anderen Ort für immer verlassen können, aber diesen ... Sie hätten sich wiedersehen müssen. Irgendwie, irgendwo.

Und dem war er entronnen. Doch er empfand es wie eine Verurteilung, nicht wie eine Begnadigung.

Aber auch um die Mittagszeit, als bereits ein Drittel des Weges nach Paris hinter ihm lag, hatte er sich noch immer nicht gefangen. Ein Roboter war es, der die endlosen Kilometer der *route nationale* bewältigte; alles andere war in Coët verblieben. Während des Frühstücks war der Alte weiter in höchst leutseliger Laune gewesen, David müßte wirklich wiederkommen und seine Familie mitbringen, er müßte nachsichtig mit ihm sein, seine Fehler, sein Alter, sein ›Faseln‹ verstehen, verzeihen ... Er hatte ihm sogar Erfolg gewünscht beim Malen, aber all das machte die bittere Erkenntnis nicht wett, daß der Dank für die Einladung Theater war. Er war lebenslänglich von hier verbannt, Beth konnte er niemals mitbringen. Als er neben dem Auto stand, schüttelten sie sich die Hände. Er küßte Anne auf beide Wangen und brachte es fertig, ihr eine letzte Botschaft zuzuflüstern.

»Bestell ihr . . ., was wir gesagt haben, ja?« Sie nickte. »Und gib ihr einen Kuß von mir.«

Eine flüchtige, trockene Grimasse. »Na, na, *so* schlimm steht's aber nicht um uns.« Ihre braunen Augen straften ihren frechen Ton Lügen; und es war das letzte Mal, daß ihm nach Lächeln zumute war.

Die Fahrt nach Paris hatte schlecht begonnen; ein paar hundert Meter jenseits des Tores, am Anfang des Privatwegs nach Coët, war ihm etwas unter die Räder gekommen – orangebraun, eine Maus vielleicht, aber dafür war es zu groß und hatte sich merkwürdig schlängelnd bewegt, fast wie eine Schlange, war aber zu klein für eine Schlange. Es war unter den Rädern verschwunden. David bremste und drehte sich um; auf der dunkelgeteerten Straße der verlassenen Waldschneise sah er einen winzigen Schatten liegen. Irgend etwas, ein unbestimmtes Gefühl der Neugier, Masochismus, Verlangen, dazubleiben, irgendein Vorwand genügte, daß er anhielt und zurückging. Es war ein Wiesel. Eins der Räder mußte es überfahren haben. Es war tot, zerdrückt. Nur der Kopf war unversehrt geblieben. Ein winziges, bösartiges Auge blickte auf zu ihm, ein Blutrinnsal, wie eine rote Blume, floß aus dem aufgerissenen Maul. Einen Moment lang starrte er auf das Tier, dann wandte er sich um und ging zu dem Wagen. Der Grundton für den ganzen Tag war festgelegt.

Den ganzen Weg bis Rennes hielt er Ausschau nach einer Gestalt neben einem geparkten weißen Renault. Erst auf der *autoroute*, die die Stadt in Richtung Süden umging, gab er die Hoffnung auf. Und dann erkannte er, wie weh es tat, sie nie wiederzusehen. Und es kam ihm fast unmittelbar darauf vor wie eine Bestrafung. Ihr Verschwinden am Vormittag war der Beweis: Er war der Schuldige. Sein Verbrechen war, daß er es zu spät begriffen hatte; am Tor des Obstgartens, als sie sich freigemacht hatte; und er hatte es geschehen lassen, verhängnisvolle Unschlüssigkeit. Selbst später, im Haus, war etwas in ihm gewesen, und sie hatte es gemerkt, das nicht beim Wort genommen werden wollte. Er hatte sie sowohl im modernen als auch im mittelalterlichen Sinne im Stich gelassen; wie jemand, der das Körperliche gewollt und gleichzeitig darauf verzichtet hatte.

Er malte sich alle möglichen Szenen aus. Beths Flugzeug wäre abgestürzt. Er hatte niemals geheiratet. Er hatte geheiratet, aber Diana statt Beth. Sie hatte Henry geheiratet, der prompt gestorben war. Sie war in London aufgetaucht, sie konnte ohne ihn nicht leben, er hatte Beth verlassen. In all diesen Szenarios waren sie zum Schluß wieder in Coët, in friedlicher Eintracht, in einer Idylle aus Arbeit und Liebe und mondbeschienenem Obstgarten.

Sinnlos, selbst eines Heranwachsenden nicht würdig. Und diese Vorstellungen steigerten seine Trübsal, denn er hatte auch eine Art von Schock erlitten, obwohl die Realität der ersten paar Minuten, nachdem sie ihn verlassen hatte, schon Teil seines Unbewußten geworden waren, daß ihm so etwas geschah, ihn so verstören, so sehr durcheinanderbringen konnte. Und was es aussagte über seine einstige Selbstzufriedenheit. Der Schock beleuchtete so klar, was ihm fehlte. Seine Unzulänglichkeit bestand darin, daß er nicht an Sünde glaubte. Henry wußte, daß Sünde das Leben herausforderte; nicht Unverstand, sondern mutige, phantasievolle Tat. Er sündigte aus Notwendigkeit und Instinkt; David unterließ es aus Furcht. Was Anne gesagt hatte: Nur um dem alten Scheusal eins auszuwischen. Für ihn existierten nur Mittel, keine Zwecke. Es ging ihm darum, was die Leute von ihm hielten, und nicht darum, was er selber von sich hielt. Seine Angst vor Eitelkeit, Selbstsucht, dem Es, die er unter Eigenschaften, die er ›Aufrichtigkeit‹ und ›Anständigkeit‹ nannte, verbergen mußte ... Darum machte es ihm auch insgeheim solchen Spaß, Kunstkritiken zu schreiben, diese Form der Arbeit bestärkte das in ihm. Die letzte Eitelkeit – und, bei einem Künstler, Narrheit – war doch, nicht eitel zu erscheinen. Das erklärte den hohen Wert, den er bei seiner eigenen Arbeit auf Untertreibung, technische Anständigkeit, auf Anpassung an die Forderungen seines eigenen kritisch-verbalen Vokabulars legte – jene absurde Art und Weise, auf die er im Geiste immer sein eigenes Werk, während er es schuf, rezensierte. Am Ende kam alles auf dasselbe hinaus: Furcht, sich zu stellen.

Und genau das war es, was ihm widerfahren war: eine Herausforderung, die weit über das Moralische oder Sexuelle hinausging. Und daß es eine Falle gewesen war, sah er jetzt auch. Er hatte das grotesk-offenbare Riff, den ersten Abend mit dem Alten, umsegelt, und die Blindheit sich selbst gegenüber, die Zimperlichkeit, die sogenannte Urbanität, das gute Gefühl, wohlgelitten zu sein, taten ein übriges. Der wirkliche Fels der Wahrheit hatte weit jenseits der blauen Lagune gelegen.

Je weiter er fuhr, desto weniger wollte er nach Entschuldigungen für sich selbst suchen. Er verspürte eine Art oberflächliche Erleichterung, daß er Beth gegenüber kaum etwas zu verbergen hatte – aber selbst dies kam ihm vor wie ein dem falschen Mann zuerkannter Trostpreis. Am Ende war er nur »treu« geblieben, weil ein Schlüssel im Schloß umgedreht worden war. Und selbst dies, daß er technisch schuldlos war, ja, daß es ihm immer noch etwas bedeutete, verriet seine wahre Missetat: sich geduckt, sich entfernt, sich abgewandt zu haben.

Coët, das war ein Spiegel gewesen, und das Leben, in das er nun zurückkehrte, saß erbarmungslos reflektiert und seziert auf der Oberfläche . . ., und wie schäbig es jetzt erschien, wie fade und kraftlos, wie geborgen. Risikolos war es im Grunde: war auch, warum er jetzt zum Beispiel weit schneller fuhr als gewöhnlich. Zwischen den Siedlungen waren die Straßen verhältnismäßig leer, er hatte viel Zeit übrig, das unselige Flugzeug sollte ja erst nach neunzehn Uhr landen. Wenn man jedwedes Risiko ausschließt, jedwede Herausforderung zurückweist, wird man ein künstlicher Mensch. Das Geheimnis des Alten war, nichts zwischen Selbst und Selbstausdruck kommen zu lassen; und das war keine Sache äußerlich erkennbarer künstlerischer Ziele, bloßer Stilarten, Techniken, Themen. Es kam darauf an, wie man es tat; wie vollends, wie mutig man sich der steten Umformung seines Ichs stellte.

Langsam und unerbittlich war David zu der Überzeugung gelangt, daß sein Versagen am Vorabend nur Symbol und nicht Kern der Sache gewesen war. Er entsann sich des kruden, weit hergeholten Wort- und Bildspiels im Zusammenhang mit dem

Namen Maus; falls man überhaupt so etwas brauchte wie Hinweise auf die wahre Beschaffenheit der Ablehnung. Das Abenteuer des Körpers nicht bestanden zu haben war nebensächlich, war Teil der erotischen Komödie. Wesentlich war, daß er niemals vorher die viel größere existentielle Chance gehabt oder auch nur versucht hatte, sie sich zu geben. Über seine eigene Arbeit hatte er schon vorher Zweifel gehabt, aber nicht über seinen eigenen Charakter oder jedenfalls nicht darüber, daß in ihm die notwendigen Mittel vorhanden waren, jenes Gespenst, das jeden Künstler heimsucht, zu bannen: seine Dauerhaftigkeit. Er hatte die furchterregende Vorstellung, sich in einer Sackgasse zu befinden, in eine künstlerische Epoche hineingeboren zu sein, die kommende Zeitalter als eine Wüste abtun könnten, wie in der zweiten Hälfte des neunzehnten Jahrhunderts und danach Constable, Turner und die Schule von Norwich in einem sterilen, akademischen Formalismus erstarrt waren. In der Kunst hat es immer Höhen und Tiefen gegeben. Wer wußte denn schon, ob das späte zwanzigste Jahrhundert nicht eines ihrer abgrundtiefsten Täler war? Die Antwort des Alten kannte er: Ja, genau das war es. Oder war es, wenn man nicht auf Teufel komm raus gegen einige ihrer heiligsten Kühe oder angeblichen Errungenschaften ankämpfte.

Vielleicht war schon alles mit dem Wort Abstraktion gesagt. Die Malerei soll nicht eigenes Leben und wie man es lebt widerspiegeln; oder aber es war ein derartiger Kompromiß, ein so risikoloses Unterfangen, daß man die hohle Wirklichkeit nur durch technisches Können und guten Geschmack tarnen konnte. Geometrie. Sicherheit, die ein Nichts verbarg.

Was der Alte noch besaß, war eine Nabelschnur zu der Vergangenheit; noch ein Schritt rückwärts, und er stand an Pisanellos Seite. Im Geiste jedenfalls. Dagegen war David eingekapselt in angelesenes Wissen, in Kunst als sozialem Faktor, als Wissenschaft, als Thematik, als Angelegenheit für Zuschüsse und Gremienverhandlungen. Das war das eigentliche Wesen seiner Ungezähmtheit. David und seine Generation und alle, die nach ihm kommen würden, konnten nur rückwärts und durch Gitterstäbe wie in der Unfreiheit geborene Tiere in die alte grüne Freiheit schauen. Das beschrieb genau, was in den letzten beiden Tagen passiert war: Der Rhesusaffe, dem ein

Durchblick auf sein eigenes verlorengegangenes Selbst gewährt wird. Man hatte sich irreführen lassen von modischen Exzessen, von der mit offiziellem Segen versehenen Disziplinlosigkeit, von den Oberflächenfreiheiten zeitgenössischer Kunst; sie alle waren einer profunden Enttäuschung und Frustration entsprungen, einem verschütteten, aber doch nicht ganz ausgelöschten Bewußtsein der Unfreiheit. Es zog sich wie ein roter Faden durch die gesamte neuere Geschichte der englischen Kunstpädagogik. Jene berühmte Abschlußprüfungsausstellung, in der die Schüler nur leere Leinwände ausgestellt hatten – gibt es einen treffenderen Kommentar zu der abgestandenen Heuchelei des Unterrichts und zu dem ohnmächtigen Bankrott der Unterrichteten? Von seiner Kunst konnte man nicht leben, also vermittelte man anderen eine Travestie ihrer Grundregeln; man gab vor, daß Genie, daß Erfolg durch über Nacht angestellte Experimente, durch Effekthascherei erlangt werden könnten anstatt durch endlose Jahre abgesonderter Verbissenheit; daß das Herausholen gelegentlicher, unerwarteter Erfolge, wie das weiße Kaninchen aus dem Zylinder des Zauberers, die bewußte Irreführung Tausender Unschuldiger rechtfertige; daß der Schlund der Jauchegrube akademischen Unterrichts, das immer wieder von neuem Konstruieren der ganzen Scharade das gesamte System niemals zu untermauern vermochte. Wenn die Schulen erst einmal lügen . . .

Vielleicht fand dasselbe in den anderen Künsten, in der Literatur, der Musik, statt. David wußte es nicht. Er fühlte nur Verzweiflung und Ekel über seine eigene Kunst. Entmannung. Triumph des Kastraten. Er sah, o wie klar sah er, was hinter der plumpen Attacke des Alten lag, dieser Verächtlichmachung von *Guernica*. Der Bruch mit der Realität und der Natur hatte die Beziehung zwischen Künstler und Publikum grausam verzerrt; jetzt malte man für Intellekte und Theorien. Nicht für Menschen und, was das Ärgste war, nicht für sich selbst. Natürlich warf es materiell und im populären Sinne Dividenden ab, aber was in Wirklichkeit durch dieses Überbordwerfen des menschlichen Körpers und seiner natürlichen fünf Sinne geschaffen wurde, war ein Teufelskreis, ein Strudel, ein Sog ins Nichts für einen Maler und einen Kritiker, die nur in einem übereinstimmten: daß es nur sie gebe und daß nur sie etwas wert seien. Ein guter Grabstein; für all den Abschaum, der sich einen feuchten Kehricht drum gekümmert hatte.

Man verkroch sich hinter Vorstellungen wie die Notwendigkeit, zeitgenössischen Strömungen gegenüber »offen« zu bleiben, und vergaß dabei, wie rasend schnell heute Fortschritt und Anerkennung kamen, wie rasch, was dereinst avant-garde war, zu schalem Klassizismus wurde, das einst so Gewagte banal. Es ging nicht nur darum, daß sein eigener abstrakter Stil nichts taugte, sondern es war die ganze überstürzte Nachkriegsentwicklung, abstrakter Expressionismus, Neoprimitivismus, Op-Art und Pop-Art, Konzeptualismus, Fotorealismus ... *il faut couper la racine*, gewiß. Aber eine derartige Entwurzelung, solches Kreisen in eisigen Welträumen konnte doch wohl nicht gemeint gewesen sein. Sie waren wie Lemminge, selbstmörderischen Trieben ausgeliefert, nach Lebensraum in der arktischen See suchend, in bodenlos tiefer Nacht, blind allem, nur nicht der eigenen Illusion gegenüber.

Der Ebenholzturm.

Als wollte es Davids düstere Stimmung reflektieren, hatte sich das Wetter verschlechtert, als er sich der Ile de France und dem langweiligen stoppelbedeckten Flachland um Chartres näherte. Der Sommer war gestorben, es war Herbst geworden. Sein Leben war nur ein Jahr lang; nichts Grünes wuchs danach. Lachhaft, ermahnte er sich sofort. Trotzdem wollte die akute Depression nicht weichen.

Die Außenbezirke von Paris; und weil er die Augen offenhalten mußte, um ein akzeptables Hotel zu finden, war er ein wenig von seiner Innenschau abgelenkt worden. Kurz nach fünf Uhr sah er denn auch in der Nähe von Orly ein einigermaßen vertrauenerweckendes Hotel. Diesmal sollte Paris nicht auf dem Programm stehen; ihr Ziel war ein Landhaus in der Ardèche, das einem Freund gehörte; das bedeutete, noch einen ganzen Tag weiterfahren. Aber die Reise konnte irgendwo unterbrochen werden. Auf jeden Fall fürchtete er den kommenden Tag.

Er duschte und zwang sich dazu, den Entwurf seiner Einleitung zu *The Art of Henry Breasley* nochmals, während seine Eindrücke noch frisch waren, zu überprüfen, festzustellen, wo der Text umgeschrieben, ergänzt, wo neue Schwerpunkte gesetzt werden müßten. Es war zwecklos. Wendungen und Formulierungen, die ihm noch vor wenigen Tagen geglückt erschienen waren ... Asche, Flickwerk. Ihre Banalität, ihr Jargon, ihre scheinbare Autorität. Die Realität von Coët war wieder jenseits der abgedroschenen Worte aufgetaucht. Er legte sich auf sein Hotelbett und machte die Augen zu. Kurz darauf war er wieder aufgestanden und zum Fenster gegangen. Zum ersten Mal seit Jahren fühlte er das Brennen aufsteigender Tränen. Absurd, absurd. Wenn er sie nicht wiedersehen durfte, würde er sterben. Er suchte nach Briefbogen, aber es gab keine, es war nicht diese Art Hotel, es war nur ein Ort für einmalige Übernachtungen. Er holte seinen Notizblock heraus, aber er konnte nur davorsitzen und das Papier anstarren. Zuviel. Als ob man immer weiter an einem Bild herumpfuscht, von dem man überzeugt ist, daß es nichts taugt; von dem man nur weggehen kann, ohne sich umzudrehen, zu seiner eigenen Zimmertür in der Nacht.

Allem zugrunde aber lag die Erkenntnis, daß er sich nicht ändern würde; er würde weiter malen wie bisher, diesen Tag vergessen, er würde Gründe finden, die Dinge anders auszulegen, als vorübergehende Verirrung, hemmungslose Torheit. Und darüber würde schließlich Schorf wachsen, der abfiel, und die Haut darunter wieder so glatt sein, als hätte es nie eine Wunde gegeben. Vernunft hatte ihn gelähmt, er glaubte im Grunde nicht an den Zufall und seine Nutzbarmachung, die verpaßte Gelegenheit würde am Ende zur einzig vernünftigen Entscheidung, zum fairen Verhalten geworden sein; die feurige Flamme, die ihn versengt hatte, ein Traum, die Illusion eines Augenblicks, Dianas Wirklichkeit nur noch eine nicht zu Ende ausgeführte Idee, die er zu seinen alten Skizzenbüchern hinten in den Atelierschrank getan hatte.

Aber bis es soweit war, wußte er: daß er – selbst wenn er sie niemals wiedergesehen hätte – die Chance eines neuen Lebens verpaßt hatte und daß die entscheidende Qualität und Lebensfähigkeit seiner Arbeit von der Wahrnehmung eben dieser Chance abhängig gewesen war. Verspäteter Neid auf den Alten erfüllte ihn. Am Ende lief es doch darauf hinaus, womit man geboren war: Entweder man war für den Exzeß gemacht und zudem noch, indem man Denken und Fühlen in streng voneinander getrennten Abteilungen hielt, von rücksichtsloser Egozentrizität, oder man war es nicht: Und David war es nicht. Die schreckliche, die nachtragende Ungerechtigkeit lag darin, daß Kunst im Grunde amoralisch ist. Man mochte sich noch so sehr bemühen, die Hände waren einem gebunden: Die Säue bekamen alles, die Tugendhaften nichts. Coët hatte mitleidlos gezeigt, als was er zur Welt gekommen war und was er immer bleiben würde: ein anständiger Mann, der immer unter »ferner liefen« kam.

Diese letzte Bezeichnung mußte, ehe sie ihm aufgegangen war, bereits in der Luft gelegen haben. Er war schließlich starren Blickes am Fenster stehengeblieben und sah hinaus auf die sich verlierende Straße, die er fast buchstäblich über dem regennassen Dächermeer vor dem Hotel ausmachen konnte: die zusammengebrochene Parallele dessen, was er war, neben der Höhenfluglinie alles dessen, was er hätte sein können.

Als er nach Orly kam, hatte sich die Ankunft der Maschine eine halbe Stunde verzögert. In Heathrow war Nebel gewesen. Selbst unter den günstigsten Umständen waren David Flughäfen verhaßt: ihre Unpersönlichkeit, das Herdengefühl, das Empfinden namenloser Durchreise, die Unsicherheit. Er stand am Fenster der Wartehalle und sah unverwandt hinaus auf die flache Landschaft. Dämmerung. Coët lag in einem anderen Universum; anderthalb Tage, eine Ewigkeit entfernt. Er wollte sich vorstellen, was sie gerade taten. Diana, wie sie den Tisch deckte, Anne bei ihrer Französischstunde. Die Stille, der Forst, die Stimme des Alten. Macmillans Gebell. Er spürte den heftigsten Schmerz, den einem der schwerste aller menschlichen Verluste zufügen kann: nicht den von Besitz, sondern den von Erkenntnis. Was sie sagte, was sic cmpfand, was sie dachte. Er traf ihn schwerer als alle Zweifel über Kunst, über seine Kunst, über seine persönliche Zukunft. Ein paar schreckliche Sekunden lang sah er sich selbst und die gesamte Menschheit ganz deutlich. Etwas in ihm, eine letzte Hoffnung auf Erlösung, auf Entschlußfreiheit, brach alle Brücken ab, drehte sich um, hatte die Flucht ergriffen. Aber jene Brücken, die sich nicht abbrechen ließen, die entscheidenden alten Meister, sorgten dafür, daß sein hochgewachsener Schatten blieb, wo er war: unbewegt und vorwärts gerichtet, nach Hause zurückkehrend, ein junger Engländer, der seinen Blick auf eine ferne Kette erstarrter Landebahnlichter geheftet hat.

Die Maschine war gelandet, und er ging hinunter, wo er nach Beth Ausschau halten konnte. Ihr Feriengepäck war bereits in seinem Auto verstaut gewesen, und sie kam mit den ersten Fluggästen heraus. Ein Winken. Er hob die Hand: ein neuer Mantel, eine Überraschung für ihn, eine kleine Hüftbewegung, um ihn zur Geltung zu bringen. Paris, du Stadt der Liebe. Endlich allein. Ohne Kinder.

Sie kommt ihm entgegen mit dem unerbittlichen Gesicht der Gegenwart; mit einem trockenen Entzücken, das kleine Wunder seiner Gegenwart. Er verleiht seinem Gesicht einen entsprechend verläßlichen Ausdruck.

Sie bleibt ein paar Schritte vor ihm stehen.

»Hallo.«

Sie beißt sich auf die Lippen.

»Einen schrecklichen Augenblick lang glaubte ich . . .«

Sie spricht nicht weiter.

»Du wärst mein Mann.«

Einstudiert. Er lächelt.

Er küßt ihren Mund.

Miteinander gehen sie weg und sprechen über die Kinder.

Er hat das Gefühl eines langsamen Erwachens aus einer Narkose, in dem ihm zwar ein paar Stunden wiedergegeben, aber bis zu diesem Augenblick noch nicht vollständig gutgeschrieben worden sind; ein betäubtes Gefühl, als wolle sich etwas unwiederbringlich verflüchtigen. Der Schatten eines Gesichts, goldsträhniges Haar, eine Tür, die zugemacht wird. *Aber ich wollte es ja.* Man weiß, daß man nur geträumt hat, und kann sich doch nicht erinnern. Der erstickte Schrei, der alles zertretende neue Tag.

Sie sagt: »Und wie ist es dir ergangen, Schatz?«

Er ergibt sich dem, was übriggeblieben ist: der Abstraktion.

»Ich hab's überstanden.«